Alix GAUSSEL

Monsieur Serpentin

Roman

Du même auteur :

Le malheur des dames, roman, Éditions Calmann-Lévy, 1980
Les chats de Beaupré, roman, Éditions Calmann-Lévy, 1993
Sex after sixty, roman, Éditions Bénévent (1ère édition), 2009
La vie de grands écrivains français… en un éclair et à rebours, Format Kindle, 2012
La vie de grands écrivains anglais… en un éclair et à rebours, Format Kindle, 2012
Sex after sixty, roman, Format Kindle (2ème édition), 2012

Pour la jeunesse

Les Zipper-cracs à travers les planètes, Éditions Gamma, 1976
Les Zipper-cracs dans la fourmilière, Éditions Gamma, 1976

Sur Internet

Le Journal d'une centenaire
http://journaldunecentenaire.over-blog.com/

Droits d'auteur © 2013 Alix Gaussel
Tous droits réservés
ISBN : 978-2-9542997-5-4

9 782954 299754

Dépôt légal : janvier 2013
Couverture :
Image Google "Collection de silhouette de serpents Banque d'images - 7742966"

Bénédict acheta le Figaro et les Echos et s'enferma dans sa chambre pour lire les offres d'emploi. Le marché était en pleine expansion en ce début des années soixante. Elle ne s'inquiétait pas de son manque d'expérience professionnelle. Elle pensait trouver facilement du travail. Sa mère, Madame de Saint Vaumas, lui avait assuré qu'un bac philo en poche, plus une année d'étude de sténodactylographie lui suffiraient pour se lancer dans la vie. Bénédict en voulait à sa mère de l'obliger à travailler. Elle réussissait bien dans les études et aurait préféré aller en fac.

- N'importe qui peut être secrétaire, avait lancé Astrid, une ancienne élève de l'institution Sainte Lucie. Bénédict pensait qu'elle n'était pas n'importe qui. Peut-être était-elle la seule à ce jour à le savoir. Trois heures de sténodactylo le matin, suivies de cours de Propédeutique à la Catho, des séances fastidieuses au cours desquelles le professeur de Français tentait de faire entrer les cent élèves qui s'entassaient dans l'amphithéâtre à l'intérieur de l'univers des lettres.

Cinq années plus tôt, le jour de la mort de son père, le monde de Bénédict s'était brisé. Aucun des Saint Vaumas n'avait daigné se rendre au Val de Grâce pour accompagner l'officier de marine jusqu'au cimetière. On n'honore pas le cercueil d'un suicidé. Attenter à ses jours est un péché très grave, un crime contre le Créateur. Tout un pan de la vie de Bénédict s'était alors effondré. Sans qu'elle le devine encore, cette mort serait la grande affaire de sa vie. Ce père disparu, pourtant, s'était montré si peu. Très souvent absent, sur mer ou ailleurs, il comptait pour elle beaucoup moins que sa mère. Quand il était présent, c'étaient des disputes et des violences. Il ne s'intéressait guère à ses enfants. La souffrance de Françoise, cette souffrance visible, avait touché davantage Bénédict que la mort elle-même. Elle ne ressentait pas de chagrin.

Plus encore que la peine, c'était le bouleversement social qui venait d'entrer dans la maison. Françoise et ses enfants, les quatre filles et le garçon, jusqu' alors privilégiés, passaient tout d'un coup dans la catégorie des milieux dits « modestes ». A titre d'exemple, le dentiste de la famille, qui les recevait auparavant rue de Rennes, leur demanda de se rendre désormais à son deuxième cabinet, situé au métro Barbès-Rochechouart. Bénédict se retrouva alors debout dans le wagon, adossée à une paroi, son cartable devant elle comme un rempart contre tous les doigts qui la frôlaient.

Aucune invitation ne parviendra plus pour les rallyes des amies de Sainte Lucie. A leur insu les quatre filles Saint Vaumas étaient rayées des listes. Bientôt ce qu'il restait de la famille devrait déménager dans un quatre pièces sans lumière au fond d'un passage. Françoise, décidée à conserver son statut en restant dans l'arrondissement, avait sacrifié le confort et la surface. Tous ces changements ne devaient cependant intervenir que progressivement et Bénédict, sur l'instant, n'y avait pas prêté attention.

La conséquence la plus visible de ce deuil fut que Françoise de Saint Vaumas dut se mettre à travailler pour la première fois de son existence. Grande et blonde, encore belle, elle avait pensé devenir hôtesse d'accueil dans les foires et expositions. C'était une des seules occupations que cette aristocratie impécunieuse pouvait admettre. On lui répondit sans ménagement qu'elle avait passé l'âge d'exercer ce métier. Elle se résigna à apprendre la dactylographie et travaillait à mi-temps dans un cabinet d'avocats où elle œuvrait, non en faveur du veuf et de l'orphelin mais d'industriels ayant des démêlés avec leurs fournisseurs. Plus tard, Bénédict, comme ses sœurs, se vit donc elle aussi obligée d'interrompre ses études pour gagner sa vie en travaillant.

Ce matin-là, avec un stylo vert comme son espérance, elle cocha plusieurs petites annonces qui proposaient des postes de sténodactylo débutantes. L'une d'elles offrait un salaire peu élevé mais son siège social se trouvait près des Champs Elysées. L'annonce était imprécise quant aux activités de l'entreprise. Bénédict téléphona et prit rendez-vous pour le lendemain à 14 heures. Elle se mit ensuite à examiner sa maigre garde-robe. Elle se trouvait en possession de deux pantalons, une jupe plissée, une robe-sac qui lui venait de sa sœur Mathilde, et un bermuda. Sachant qu'elle n'obtiendrait aucun subside de Françoise, elle emprunta à Mathilde son tailleur beige. La jupe était un peu grande, elle lui ferait faire deux tours de ceinture à la taille. Restait à trouver des chaussures, à l'achat desquelles Bénédict consacra toutes ses économies. N'ayant pas les moyens d'aller chez le coiffeur, elle se contenta de son serre-tête et de se maquiller soigneusement. Contrairement à ses sœurs, elle n'était pas jolie. On disait, pour la consoler, qu'elle avait du charme. Une lourde paire de lunettes de myope, aux verres épais, la défigurait. Elle se vengeait de sa disgrâce en écrasant sa famille de sa supériorité intellectuelle. Depuis l'enfance elle lisait beaucoup et son langage surprenait son entourage qui se moquait de ses « grands mots ». On l'appela « bête de somme » pendant quelques semaines parce qu'elle avait protesté en ces termes contre l'obligation de faire une vaisselle supplémentaire.

A cette époque Bénédict ne connaissait intimement aucun garçon. Comme toutes ses amies elle se livrait à des flirts, abandonnait ses lèvres mais rien de plus. Le code qui régnait à l'époque dans son milieu lui interdisait d'aller plus loin, ce dont elle n'avait d'ailleurs pas envie. Elle ne s'inquiétait pas de sa froideur. Quand elle rencontrait dans ses romans une héroïne emportée par le désir, elle se disait que cette pulsion étrange ne pouvait relever que de la littérature. Elle comptait sur le mariage pour commencer sa vie amoureuse. En attendant, elle dansait beaucoup, embrassait les garçons qui la raccompagnaient chez elle. Elle acceptait une main sur son sein à condition que ce fût par-dessus les vêtements. Cette main ne devait pas glisser sur la peau nue ni plus bas que la taille. Les baisers qu'elle rendait ne lui procuraient aucune sensation mais avaient l'avantage de mettre provisoirement les garçons en son pouvoir. Bientôt pourtant ils s'éloignaient sans qu'elle devinât pourquoi. Elle en trouvait de nouveaux.

L'après-midi suivant Bénédict se rendit donc à la maison Hardy France qui était située au troisième étage d'un immeuble en pierres de taille. Elle attendit dans une vaste entrée. A ses côtés deux autres postulantes s'examinaient mutuellement. L'une d'elle était blonde, très jolie. Elle entra la première puis Bénédict fut appelée. Elle ne put rien déchiffrer sur le visage de sa devancière. Le bureau était confortable et Monsieur Berthier, le petit homme qui s'y trouvait, se présenta comme le Secrétaire général. Il l'inspecta de haut en bas avant de la faire asseoir. Bénédict rougit en pensant à l'épingle double qui retenait sa jupe. Monsieur Berthier dit quelques mots de l'entreprise. C'était la filiale de Hardy Limited, l'importante société anglaise productrice de fibres artificielles et synthétiques bien connue dans le monde du textile. Hardy France était chargée de lancer dans l'hexagone la fibre acrylique Fibrelle. A cette fin, la maison recrutait une équipe technico-commerciale et une deuxième secrétaire.

Après cette introduction Monsieur Berthier dota Bénédict d'un bloc et d'un crayon et lui dicta une courte lettre que la jeune fille prit en sténo sans difficulté. La machine à écrire était d'une marque inconnue, elle s'y adapta. Le Secrétaire général lui dit que la présentation de sa lettre laissait à désirer mais que l'on pouvait mettre le fait sur le compte de l'émotion. Il la raccompagna en l'assurant qu'il l'appellerait bientôt. Elle pensait que son diplôme du baccalauréat jouerait en sa faveur et comptait un peu aussi sur la particule de son nom.

Gratiane, sa sœur cadette, était partie s'occuper d'enfants dans une famille canadienne. Ce départ soulageait toute la famille dont les disputes étaient fréquentes. Bénédict se rapprocha de son aînée. Mathilde travaillait dans une société américaine qui vendait des voitures en Europe. Son anglais était excellent. Elle était devenue secrétaire de direction et elle était bien payée. Elle aurait été tout à fait heureuse si elle avait pu épouser Marc de Guilain. La perspective de ce mariage s'éloignait et leurs rencontres s'espaçaient. Bénédict se dit qu'elle aussi sans doute pouvait dire adieu à un beau mariage. Les charmes d'une belle intelligence lui paraissaient plus attractifs qu'un joli nom pourvu d'un magot. Ceci était pourtant l'objet du désir de toutes ses compagnes de l'Institution Sainte Lucie. Leur snobisme était cruel. Bénédict se souvenait que l'année précédente il avait été à l'origine du renvoi d'un professeur d'histoire, Mademoiselle Champutet, dont les parents étaient épiciers. Les voitures de livraison de la famille Champutet, dûment balisées, sillonnaient tout le quartier autour du collège. Constamment chahutée, la jeune femme avait dû démissionner.

Bénédict consolait sa sœur en lui prédisant qu'elle trouverait un homme plus digne d'elle. Françoise maintenait pourtant sur ses filles une pression continue. Elle-même disait souvent qu'elle n'avait pas eu de chance. Fille unique et talentueuse elle avait eu le douteux bonheur de remporter à douze ans un prix de beauté. Dès lors son avenir lui semblait tout tracé, elle serait une star et n'aurait pas d'enfants. Malgré cela elle cherchait le grand amour. A seize ans elle tomba dans les bras d'un bel officier de marine qui lui fit un enfant par an. Séparée de ses parents et installée dans des villes portuaires, elle voyait l'officier repartir sur la mer et passait son temps à laver des couches. Elle faisait réchauffer les petits pois dans leur boite pour éviter de laver une casserole et chantait courageusement :

- Les garçons sont comme des pierres qui ne savent que rouler...

Au cinquième bébé l'officier passait ses nuits avec des maîtresses qui téléphonaient impudemment chez Françoise.

Bénédict se souvenait que le dernier été avant sa mort l'officier plongeait souvent la tête dans ses mains, laissant dépasser un bout de nez qui blanchissait entre ses phalanges. Elle ne savait pas s'il priait. Elle se disait qu'il était malheureux. Aujourd'hui, il ne restait plus de lui qu'une montre cassée et une chevalière que portait Mathilde. Bénédict la lui envoyait et se répétait souvent la formule héraldique: « D'argent au palmier de sinople et de sable à la proue de navire d'or ».

Enfin Hardy France téléphona. Bénédict était engagée. Elle devait se présenter le lundi suivant à neuf heures. Mathilde ayant revendiqué son tailleur beige, la jeune fille se résigna à enfiler sa vieille robe sac. Elle arriva à neuf heures moins dix. Monsieur Berthier l'introduisit dans un bureau vitré où se tenait une jeune fille qui se présenta sous le prénom de Chantal. Coiffée de cheveux en rouleaux elle était jolie et souriante. L'œil impitoyable de Bénédict remarqua instantanément qu'elle venait d'un milieu populaire à des détails tels que l'épaisseur de ses doigts et la couleur trop rose de sa chair. Ainsi étiquetée par Bénédict, Chantal pourrait être pour elle une collègue agréable mais non pas une amie. Celle-ci accueillit la jeune fille avec sympathie et lui fit les honneurs du bureau qu'elles partageraient désormais.

Chantal était la secrétaire du Directeur commercial, Monsieur Serpentin. En prononçant son nom, elle prenait un ton un peu emphatique à la mesure du respect que lui inspirait le personnage. Etant seule, elle était chargée jusqu'alors de tout le secrétariat. Elle tenait également le petit standard téléphonique et fut contente d'en enseigner le mécanisme à Bénédict. Monsieur Berthier les quitta et Chantal fit connaître à Bénédict ses attributions: ouvrir le courrier, l'enregistrer à la date du jour, et le remettre à Monsieur Serpentin. Celui-ci tenait à voir tout ce qui arrivait. Après avoir fait le classement, elle devrait se tenir à la disposition des cadres qui auraient besoin d'elle. Pour le moment il n'y avait que le Secrétaire général, l'équipe serait bientôt complétée.

Chantal montra à Bénédict les curriculum vitae qui arrivaient tous les matins. L'homme qui serait engagé comme directeur du développement recruterait sa propre équipe. Chantal indiqua ensuite les bacs à classement où chaque catégorie professionnelle disposait d'un tiroir, filateurs, bonnetiers, confectionneurs, tisseurs.

La jeune fille s'interrompit. Dans le couloir on entendait une démarche lourde et rapide. C'était le pas de Monsieur Serpentin. L'instant d'après le personnage déboulait dans le bureau vitré. Il était d'une prestance étonnante malgré son poids. Ses petits yeux bleus pétillaient. Le teint rouge, les cheveux gris coupés court sur une nuque grasse, l'odeur puissante d'eau de toilette déplurent immédiatement à Bénédict. Ses vêtements aussi détonnaient.

- Je n'en voudrais pas pour cirer mes bottes, pensa la jeune fille en un éclair.

Pourtant la franchise de la poignée de main et l'éclat du sourire rachetèrent un peu cette mauvaise impression. Bénédict croisa le regard direct et presque moqueur. Monsieur Serpentin avait lui aussi la main épaisse mais sa paume restait sèche. Quelque chose d'électrisant l'accompagnait. Il s'habillait de manière trop voyante pour sa corpulence mais portait ses vêtements avec assurance. A la réflexion, ils lui allaient bien. La chemise à petits carreaux était trop tendue sur le thorax, le costume à rayures grises trop larges convenait à la taille des bras et des cuisses. Au poignet luisait une grosse montre en or et à sa main une chevalière avec ses initiales, toutes choses absolument intolérables pour Bénédict.

Il se déplaçait très rapidement, tout le corps mobilisé comme un sportif. Après quelques mots de bienvenue, il s'éloigna vers son bureau avec le courrier que lui avait remis Chantal. Quelques secondes seulement s'étaient écoulées. Bénédict s'assit, essoufflée. Elle s'aperçut qu'elle était restée debout bien après le départ de Chantal. Elle se sentait un peu déplacée. La personnalité de Monsieur Serpentin n'entrait pas dans ses classifications. Il ne faisait pas partie de son monde. Si elle l'avait rencontré dans un salon, elle ne lui aurait accordé aucune attention. Et c'était lui le patron. Elle regarda sa montre. Qu'allait-elle faire sans Chantal ?

Heureusement Monsieur Berthier vint lui dire qu'il allait lui dicter du courrier. La jeune fille se dirigea avec son bloc et ses crayons vers le bureau du petit homme. Elle passa le reste de la matinée à répondre à des postulants pour les éconduire ou pour leur donner rendez-vous. Après avoir tapé les lettres elle s'amusa à regarder les photos. L'un d'eux lui plut particulièrement. Son regard était doux et humide comme les portraits du peintre hollandais Gérard Dou. Il s'appelait Etienne Temple. Ingénieur textile, il avait démarré une carrière brillante dans une filature du Nord. Mais trop d'émotion agitait encore la jeune fille pour qu'elle pût s'intéresser aux détails de cette vie.

A l'heure du déjeuner Chantal entraîna Bénédict dans un petit restaurant. Bénédict essaya de faire parler sa collègue, lui posa de nombreuses questions sur sa vie, sur ses goûts. Chantal resta évasive. Elle ne laissait percer que peu de choses: elle habitait encore chez ses parents et sortait avec un jeune coiffeur.

Comment peut-on sortir avec un coiffeur ? se demandait Bénédict. Pour elle le monde se divisait en deux groupes, le premier comportait un nombre limité de personnes portant une particule et vivant plus ou moins dans le même milieu qu'elle. La seconde était composée d'une foule de gens tout à fait invisibles, parmi lesquels se situaient les coiffeurs et les secrétaires. Qu'elle fût elle-même secrétaire n'était qu'accidentel. Elle n'en était pas moins une Saint Vaumas. Les critères de cette élite n'étaient pas précisément définis, il ne serait venu à personne l'idée de les codifier. Les meilleurs en faisaient partie, d'autres pas, cela tenait à leur culture, à leurs manières, à un art de vivre qui se résumait en un mot que Bénédict ne prononçait jamais, la distinction. « Ceux qui se disent distingués sont ceux qui ne le sont pas » pensait-elle.

Cette étiquette n'en était pas moins un passeport. Il n'était certes pas distingué d'être conducteur d'autobus mais il ne l'était pas non plus d'être trop gros, de parler fort ou de rire à l'excès. Il fallait bien parler à des gens comme ça, travailler pour eux voire déjeuner avec eux mais on ne pouvait en aucune façon se lier à eux.

Les enfants Saint Vaumas avaient peu d'amis. Le métier du père les obligeait à changer sans cesse de ville et d'école. Sa mort avait mis un terme à ce mouvement. Plus de voyages, mais l'horizon parisien et les sœurs de l'institution Sainte Lucie. Malgré les années Françoise ne s'habituait pas à cette sédentarité et satisfaisait son besoin de changement en aménageant différemment l'appartement. Ainsi le vaisselier se trouvait-il successivement adossé à chacun des murs. La table et ses chaises naviguaient allègrement d'un bout à l'autre du séjour. Le canapé rouge et son plaid écossais avaient changé trois fois d'emplacement en emportant la télévision dans leur sillage. Les enfants approuvaient ces modifications et donnaient leur avis sur la destination de chaque meuble et de chaque tableau. Françoise fêtait la nouvelle installation avec une bouteille de Clairette de Die, le champagne du pauvre, et l'on repartait pour une année dans un espace un peu modifié en attendant le prochain bouleversement.

C'est par un article de presse que Bénédict avait appris que son père s'était suicidé. Elle avait su sa mort sans songer à s'interroger sur les circonstances de celle-ci. Astrid, de l'institution Sainte Lucie, une fausse amie, lui avait mis la coupure sous les yeux. Il s'était tué « sur la voie publique », était-il indiqué, sans autre précision. L'oncle Baptiste avait ajouté que son frère souffrait d'une grave dépression. La maladie avait permis son inhumation en terre chrétienne. Bénédict· s'interrogeait sur la façon dont il avait mis fin à ses jours sur la voie publique. Elle n'osait poser la question à Françoise qui fondait en larmes à la moindre allusion à son deuil. Seule la montre brisée lui donnait à penser. Il s'était peut-être battu.

Les rapports de Bénédict avec sa mère devenaient moins bons ; depuis le décès. Le manque d'argent y était pour beaucoup. Françoise prenait des habitudes de solitaire, s'enfonçait dans son lit dès vingt heures. Bénédict rêvait de partir à l'aventure. Elle s'évadait dans la lecture. Assoiffée d'héroïsme, elle dévora les vies des saints, puis les biographies d'hommes célèbres. Elle quittait un livre pour plonger dans un autre, lisait en marchant, en mangeant. La nuit, comme elle partageait sa chambre, elle se glissait dans la cuisine pour poursuivre sa lecture. Dans sa hâte elle ne retenait rien, mélangeait l'univers de Dickens avec celui de Fenimore Cooper. Parfois elle relisait un ouvrage, oubliant qu'elle l'avait déjà lu, ne reconnaissant qu'une vague manière, qui pouvait être un style. A dix-huit ans elle confondait Balzac et Zola, Stendhal et Flaubert. Elle s'en moquait, lisant pour son plaisir, non pour sa culture. Elle se disait qu'elle n'en aurait que plus de joie, ensuite, à relire. Françoise se désolait, cherchait à ralentir l'appétit de sa fille mais Bénédict traitait les livres comme une drogue. La seule obligation qu'elle se donnait était de tout lire, de la première à la dernière page, sans sauter un seul paragraphe. C'était une sorte de code d'honneur, une honnêteté intellectuelle, un enjeu sportif, comme de s'astreindre à monter à pied les escaliers du métro. Elle en sortait heureuse de l'effort accompli et inscrivait le livre à un palmarès qui n'avait aucune signification puisqu'elle oubliait aussitôt le titre et l'auteur. De cet océan littéraire surnageaient pour elle quelques bons principes, les méchants étaient punis et il fallait faire confiance aux progrès de l'humanité.

Du côté de Hardy France, le travail commençait lentement. Chaque matin le directeur arrivait vers neuf heures trente. On entendait sa démarche dans le couloir, rapide et lourde. Elle marquait le véritable début de la journée. Il pénétrait dans le bureau des secrétaires et leur serrait la main, plongeant ses petits yeux dans les leurs avec un grand sourire. L'air se chargeait d'électricité. Après avoir salué le Secrétaire général il demandait à Chantal de le suivre avec le courrier. Lorsque Chantal revenait, son bloc plein de hiéroglyphes, elle s'absorbait dans son déchiffrage. Bénédict s'ennuyait et attendait avec impatience l'arrivée de l'équipe de Développement.

Enfin celui qui devait en être le Directeur fit son entrée. C'était Etienne Temple, l'homme dont Bénédict avait aimé le regard. Il avait trente-cinq ans, le teint bistre, adouci par de beaux yeux gris. Bénédict serait tombée raide amoureuse si Madame Temple n'avait pas été présente au cocktail de bienvenue. Il avait fait ses armes à la Lainière de Roubaix. Comme disait Chantal, c'était un « lainier », par opposition aux « soyeux» de Lyon et aux gens de Troyes qu'on n'appelait pas les cotonniers mais les bonnetiers. A peine arrivé, Temple se mit à l'ouvrage. Tout en recrutant ses cadres, il proposait aux filateurs des essais de Fibrelle. Il leur adressait des échantillons qui provenaient directement de Hardy Ltd à Londres. Chaque jour il remettait à Bénédict une pile de lettres, de sa grande écriture brouillonne. Il les avait écrites après la fermeture des bureaux. Chaque matin il priait la jeune fille de lui pardonner ses jambages désordonnés.

Quelques semaines après son arrivée, l'équipe fut au complet. Bénédict en tapa l'organigramme. Il y avait Jean Reclus, autre ingénieur textile du Nord, chargé du lancement des nouveaux fils. Gérard Féraud, le fils d'un célèbre bonnetier de l'Aube, en charge du développement du coton. Yves Abordel, dont la jeunesse s'était déroulée chez les Lyonnais et qui avait pour mission le tissu de robe. Enfin, Madame Rinville, la seule femme, dont l'origine était imprécise et à qui était attribuées la teinture et l'homologation. Pour cette dernière, il s'agissait de faire passer aux nouveaux articles des tests rigoureux afin de leur conférer une étiquette de la marque. Pas question, expliquait Etienne Temple, de donner l'étiquette Fibrelle à des articles médiocres et de subir ainsi la mésaventure du Crylor, autre fibre acrylique dont le départ en flèche avait été suivi, quelques mois plus tard, d'une chute désastreuse pour des pulls qui boulochaient, se déformaient après un lavage et perdaient toute leur tenue. Le Crylor avait pourtant débuté sous d'excellents auspices, poursuivait Monsieur Temple. C'était, comme la Fibrelle, une fibre aux qualités nombreuses, permettant de fabriquer des pulls très doux et des tissus nouveaux, à l'aspect brillant comme la soie ou poilu comme le poil de chameau et bien d'autres encore. Malgré cela, le laxisme de la politique commerciale avait abouti à un ratage et le Crylor s'était déconsidéré. Un avertissement précieux qui retiendrait ceux qui voulaient aller trop vite et préféreraient voir monter les chiffres de production plutôt qu'accéder à un développement plus lent et plus sûr. Ainsi parlait Etienne Temple et toute l'équipe accueillait ses paroles avec satisfaction. Le spectre du licenciement qui avait frappé les brillants ingénieurs du Crylor était encore présent à leur esprit.

La Fibrelle avait d'autres concurrents redoutables, comme le Costan allemand produit par le deuxième groupe mondial après l'Américain Gulf, celui qui avait à son actif le succès du Palial. Plus discrète mais tout aussi menaçante se trouvait la fibre italienne Fiorello lancée par le grand Marc Lipio, un homme riche à millions. Il fallait aussi compter avec le Tergal. Face à un échec notoire, le Crylor, et côte à côte avec ces adversaires puissants, ajoutait Monsieur Serpentin d'une voix frémissante, il faudrait de l'audace et du talent pour imposer une nouvelle fibre, surtout en provenance d'outre-manche. Pour tout le monde en France, rappelait-il, amusé, les Anglais étaient encore les assassins de Jeanne d'Arc et de Napoléon, les ennemis héréditaires. Heureusement la Fibrelle, outre ses qualités techniques, disposait d'un atout non négligeable dans un pays méditerranéen, elle avait un prénom féminin. En prononçant ces mots Monsieur Serpentin, sûr de son effet, balayait l'assistance d'un sourire gourmand. Ses lèvres toujours humides s'avançaient et l'on aurait dit que lui-même s'apprêtait à embrasser la Fibrelle et à la faire sienne. Dans ses petits yeux luisait une excitation qu'il ne cherchait pas à cacher et s'attachait au contraire à faire partager à ceux qui l'écoutaient. Le sérieux Temple ne put s'empêcher lui aussi de sourire à cette évocation sensuelle. Toute l'équipe, jusque-là figée dans une attention respectueuse, poussa des cris d'enthousiasme. Madame Rinville, une blonde un peu hommasse, selon Bénédict, fixait Monsieur Serpentin de ses yeux adorateurs. La troupe s'apprêtait à se jeter dans le combat. Même Bénédict se sentait gagnée par la fièvre. Elle se disait que pour son premier travail elle était plutôt bien tombée. Les collaborateurs de Hardy France étaient sympathiques, elle découvrait un nouveau monde, des termes nouveaux, tout un vocabulaire technico-commercial. Ce monde des affaires, si étranger jusqu'alors, lui semblait attirant, elle y voyait une aventure originale.

Le lendemain pourtant elle devait déchanter. Les nouveaux collaborateurs la remettaient cruellement à sa place, celle d'une secrétaire, même pas, d'une sténodactylo. L'obligation de les appeler Monsieur et Madame alors qu'eux-mêmes l'appelaient Bénédict la mettait en rage. Elle savait que dans les pays anglo-saxons les employés utilisaient les prénoms sans pour autant piétiner la hiérarchie. Elle qui corrigeait quotidiennement les fautes d'orthographe de ses supérieurs se sentait humiliée. Elle se vengea en commençant à les mépriser secrètement. C'était une façon de nier la souffrance. En cela elle copiait l'attitude de sa mère qui disait d'une robe qu'elle avait trouvée belle, mais trop chère: «Après tout, elle n'est pas si jolie que ça ! ». Monsieur Reclus, Monsieur Féraud et Monsieur Abordel n'étaient pas si jolis que ça !

Dans sa lutte secrète contre les cadres de Hardy France, Bénédict aurait bien voulu se faire une alliée de Chantal. Comme autrefois sur les bancs de l'école, elles auraient donné des surnoms moqueurs à leurs oppresseurs et auraient ri ensemble de leurs travers. Mais sa collègue ne souffrait pas comme elle de la distance imposée par la hiérarchie. Au contraire, elle était à l'aise, donnant du Monsieur Reclus et du Monsieur Abordel à tout moment, vivant sans gêne cette situation subalterne. Les cadres étaient d'ailleurs plus détendus avec Chantal qu'avec Bénédict. Ils la plaisantaient sur ses sorties avec son petit ami, dont elle revenait, à leurs dires, les yeux au milieu de la figure. Ils la complimentaient sur ses tenues. Entre elle et eux existait une amicale complicité que Bénédict ressentait avec jalousie. Pour marquer encore sa différence elle passait raide et digne dans les couloirs, s'attachait à être irréprochable, soignait son travail qu'elle voulait impeccable. Au cours du déjeuner qu'ils prenaient tous ensemble, elle remarquait les allures franches et libres de Chantal, sa gouaille très peuple qui rebutait Bénédict et l'attirait tout à la fois. Elle se forçait elle aussi parfois à plaisanter mais ses saillies tombaient à plat dans un silence étonné. Ils n'avaient pas le même humour.

Seul Etienne Temple avait une place dans son estime. Il se montrait avec elle d'une gentillesse extrême, la traitait avec la courtoisie dont elle avait eu l'habitude tout au long de son enfance. Il ne participait pas aux déjeuners du personnel, se faisant monter, en bourreau de travail, des sandwichs et de la bière.

La première paye fut pour la jeune fille un élément important. Le plus heureux peut-être de toutes les années qu'elle avait vécues après le décès de son père. Plus que l'obtention de son baccalauréat, l'année précédente. Avec ce premier argent, elle pourrait faire de l'épate auprès de ses amies, leur offrir des cadeaux.

L'une d'entre elles avait une maison de campagne en lisière d'une forêt entourée d'un long mur. A peu de distance de la maison se trouvait une porte par laquelle on accédait au bois. Cette porte était fermée à clef, une grosse clef ancienne à laquelle pendait une étiquette «clef de la forêt ». Par on ne savait plus quel privilège, droit de passage notarié, la famille de l'amie de Bénédict disposait de cette clef et chaque fois que l'on partait en promenade, on la décrochait de son clou fixé près de la porte. Cette première paye était un peu comme la clef de la forêt. A dix-huit ans, Bénédict avait gagné la clef de la liberté.

Ce premier argent serait consacré, avait-elle décidé, à l'achat d'une paire de lentilles cornéennes. Si elle se sentait la plus laide de la famille, c'était à cause de ses lunettes. Elle larmoya courageusement pendant un quart d'heure chez l'opticien avant d'oser se regarder dans la glace et de bondir de joie. Elle se sentait transformée, comme par miracle, elle était devenue jolie!

Les semaines passaient et la Fibrelle pénétrait les différents marchés de l'habillement. Les premiers articles arrivèrent, éveillant une curiosité passionnée. Ce fut le premier pull, la première paire de chaussettes. Il leur fallait l'homologation. Ils devaient subir tout à la fois des tests techniques, sur machines, et des essais au porter. Chantal et Bénédict furent mobilisées. Les essais duraient plusieurs semaines. Si ces vêtements résistaient aux lavages, ils étaient déclarés bons pour le service et recevaient l'étiquette. C'était chaque fois une cérémonie car les articles devaient aussi faire l'objet d'une homologation anglaise. Lorsqu'ils revenaient victorieux des laboratoires de Hardy Ltd, des étiquettes rondes de diverses couleurs leur étaient solennellement apposées, comme des décorations.

La direction commerciale de Hardy Ltd avait donné pour consigne à sa filiale française de lancer sur le marché le fameux double jersey en Fibrelle qui avait remporté un énorme succès en Angleterre. L'article à lui seul était à l'origine d'une production de milliers de tonnes de matière brute. Une anglaise sur deux arborait dans sa garde-robe un tailleur en double jersey de Fibrelle. Elastique et confortable, le tissu était lavable en machine mais à la condition que tous les accessoires utilisés, doublure, fermeture à glissière, fussent aussi lavables. Au bout de quelques semaines les filateurs puis les bonnetiers français parvinrent à produire un double jersey qui offrait les mêmes qualités que l'anglais. Il s'avérait pourtant bien plus difficile de faire entrer ce tissu chez les confectionneurs et les fabricants de prêt à porter. Contrairement à leurs voisines, les Françaises n'étaient pas familiarisées avec ce type de vêtement accusé de manquer d'élégance. Trop mou, il avait la réputation de pocher aux genoux et de se déformer. Certaines marques françaises comme Rodier et Tricosa fabriquaient elles-mêmes leur jersey et ne juraient que par la laine. Malgré les efforts de toute l'équipe, le double jersey en Fibrelle ne parvenait pas à s'imposer en France.

Un article que personne n'attendait se mit, par contre, à démarrer brusquement et fut salué comme un succès. Etienne Temple lui-même l'avait mis au point. C'était une ratine, un tissu frotté de façon à obtenir des minuscules boules en surface. Elle était légère et gonflante et idéale pour confectionner de petits manteaux lavables et pratiques. Au grand étonnement des Anglais, la ratine de Fibrelle se mit à inonder les rayons des enfants partout en France.

Au début de l'hiver, tout d'un coup, Chantal porta des vêtements flottants. Son comportement changea, de bavarde et enjouée elle devint secrète. Ceux qui l'avaient plaisantée sur sa mine après ses sorties avec son ami ne riaient plus. Bénédict fut la dernière à s'apercevoir que sa collègue était enceinte. L'événement lui apparut comme le genre de catastrophe qui ne peut arriver qu'aux autres. Elle regardait le ventre de Chantal avec une sympathie navrée puis une horreur grandissante. Une telle chose n'aurait pu lui advenir. Ses flirts étaient sages. Souvent elle allait le samedi soir chez son amie de la campagne qui recevait dans une grange arrangée en bar. Depuis qu'elle portait des lentilles, elle faisait plus de conquêtes. Un soir elle dansa avec un garçon qui se mit à trembler dès qu'il la prit dans ses bras. Avant de décider de tomber amoureuse, Bénédict voulut avoir l'accord de son amie. Elle ne voulait prendre Bertrand à personne. Assurée que le jeune homme était indifférent à son amie, elle commença à sortir avec lui.

Bertrand lui rappelait son premier émoi physique. C'était au cours d'un exercice d'athlétisme dans un gymnase scolaire. Il s'agissait de grimper à la corde lisse. Tous les muscles bandés, bras et jambes serrés autour de la corde, l'adolescente avait senti une ivresse l'envahir. Elle ne sut pas comment elle redescendit, le plaisir lui avait fait tourner la tête. Ainsi, cela pouvait être délicieux, l'amour physique. Les livres qu'elle lisait en parlaient si vaguement. Plus jeune, Bénédict avait interrogé sa mère. Lorsqu'elle comprit, à travers les explications embarrassées de Françoise, à quelle pénétration terriblement concrète aboutissait ce qu'elle prenait pour une sorte de danse, elle en conçut de l'effroi. L'aventure de la corde lisse la laissait surprise. Elle s'interdisait pourtant de penser à un quelconque rapport physique en-dehors du mariage.

Lorsque Chantal partit en congé de maternité, Bénédict hérita naturellement de son rôle de secrétaire auprès de Monsieur Serpentin. La charge de travail était insuffisante pour qu'on envisageât une remplaçante. Ce fut au tour de Bénédict de se rendre le matin dans le bureau du directeur commercial, avec son bloc de sténo et le courrier du matin. S'étant préparée à cette tâche, elle n'y voyait pas une promotion, éloignée comme elle l'était de toute idée de carrière. C'était pour elle une nouvelle aventure.

Monsieur Serpentin accueillit Bénédict avec rondeur. D'une voix habituée au commandement, qu'il chargeait de douceur en s'adressant à elle. Il lui donna ses directives sans impatience. Il dictait le courrier posément, avec talent. Son expérience et sa compétence rendaient les séances agréables. Bénédict avait le sentiment d'approcher un savoir. D'abord pleine d'appréhension à l'idée de relire des dizaines de pages de signes sténographiques, elle se jetait au travail avec ardeur pour produire un courrier si bien présenté que Monsieur Serpentin aurait plaisir à le relire et à le signer. Lorsque les lettres bien blanches reposaient dans le parapheur rose qui portait le nom du directeur commercial, elle était fière. Il lui souriait et lui demandait alors d'attendre à son côté. Il tournait les pages une à une et, de son stylo à encre verte, il apposait un paraphe bien lisible que Bénédict trouvait élégant. Parfois il changeait une phrase et s'excusait de devoir ainsi la faire recommencer. Plus rarement il trouvait une faute et c'était au tour de Bénédict de s'excuser. Souriant à nouveau d'un air satisfait, il refermait le parapheur qu'elle recevait solennellement. Sentant sur sa nuque son regard, elle se tenait plus droite encore. Depuis qu'elle travaillait pour lui elle se levait plus volontiers le matin.

Elle sentait aussi ses rapports changer avec l'équipe de Hardy France. Ce n'est pas parce qu'elle travaillait maintenant pour le patron qu'elle se permettait de négliger les cadres. Ils étaient sensibles à cet effort, sans le lui dire. De plus, en approchant le patron elle se revêtait un peu de son prestige. La Fibrelle commençait à pénétrer gentiment le marché. De nombreux industriels interrogeaient la filiale française, demandaient à recevoir des échantillons. Les balles de matière brute se mettaient à franchir la Manche en direction de l'usine de Calais.

Le soir Bénédict rentrait dans sa famille pour souhaiter une bonne nuit à sa mère. Sur la table de chevet de Françoise de Saint Vaumas, à côté d'une photo de l'officier de marine, figurait une petite tour Eiffel en laiton. Cela ne pouvait pas être un souvenir de Paris. Bénédict se demandait les raisons d'une telle juxtaposition, la photo en noir et blanc de l'élégant marin en uniforme, toutes épaulettes dehors, et le petit objet étrange, tout en angle et piquant malgré la dorure en plastique. Bénédict n'osait toujours pas poser de questions, craignant une nouvelle crise de larmes. De plus elle se sentait plus éloignée de sa famille, attirée qu'elle l'était par son nouveau monde. Au fur et à mesure que le temps passait, ses stations dans le bureau de Monsieur Serpentin se faisaient plus longues. Tout était prétexte à prolonger les entretiens. Au début il s'agissait d'ajouter des explications, des commentaires à une lettre avant de l'envoyer. Monsieur Serpentin s'amusait à dresser pour sa secrétaire le portrait du destinataire de la lettre, l'entrepreneur qui s'intéressait à la Fibrelle. Il évoquait aussi brillamment certaines hautes figures du textile. Avant de prendre en charge le lancement de la Fibrelle il avait assuré la promotion des fibres du Groupe Hardy Ltd, artificielles et synthétiques. Il connaissait le marché aussi bien que les hommes qui l'animaient. Flatté de l'attention de la jeune fille, il se mit peu à peu à évoquer pour elle ces industriels qui avaient fait l'histoire grâce à des matières aussi souples, aussi riches que les matières naturelles. Leurs avantages pratiques séduisaient toutes les femmes, disait-il. En prononçant ces mots, sa bouche s'avançait encore avec gourmandise. Il racontait les premiers pas du nylon, lorsque les ingénieurs américains qui avaient créé la fibre l'avaient baptisée des initiales de chacune de leurs épouses, Nancy, Yacinthe, etc. Le nylon avait commencé par gainer les jambes puis avait conquis la lingerie. Venait ensuite l'histoire de la Fibrane, la vieille Fibrane de guerre, qui avait tant souffert de cette mauvaise réputation que la production en avait été arrêtée peu après 1914.

Suivaient les débuts chaotiques du Tergal dont les qualités pratiques ne parvenaient pas à faire oublier l'aspect par trop synthétique. A l'appui de ces récits auxquels il donnait un air d'épopée, il se lançait dans des explications techniques ; Bénédict apprit la différence entre artificiel et synthétique, rayonne et viscose, ce qu'était un denier, les qualités d'un mélange, les pourcentages à respecter au sein d'une fibre pour obtenir le meilleur rendement. Les heures passaient dans le grand bureau, elle écoutait sans se lasser. Toute une expérience lui était livrée là, sans ordre, au gré des associations d'idées. La verve de Monsieur Serpentin était inépuisable. Un jour il traçait le plan d'une filature, un autre jour c'était l'arbre généalogique d'une grande famille de tisseurs, ou l'organigramme d'un concurrent. Tout en dessinant il s'amusait à ajouter des commentaires sur les améliorations à apporter à telle ou telle fabrication. Il risquait des hypothèses, évoquait un rêve.

Bénédict s'étonnait de tout ce temps qu'il passait avec elle, pensait qu'il allait se reprendre. Elle se gardait bien de l'arrêter, consciente de recevoir ainsi des leçons inestimables. Elle se disait qu'elle était payée et que cela valait mieux que de s'ennuyer à taper à la machine. Monsieur Serpentin avait tout son temps, il prenait un tel plaisir à étaler pour la jeune fille les trésors de sa mémoire que Bénédict ne sentait plus passer les heures. Mais tandis que les jours s'écoulaient un curieux phénomène s'accomplissait: Monsieur Serpentin s'amaigrissait. Insensiblement il perdait du poids, les boutons de sa chemise étaient moins tendus, son ventre rentrait peu à peu dans son pantalon, son cou se dégageait progressivement des épaules. C'était comme si, tout en transmettant son expérience, il se vidait peu à peu de sa graisse, par le système des vases communicants. Tout en sachant l'absurdité d'une telle remarque, Bénédict s'étonnait peu de voir se réaliser sous ses yeux une métamorphose. Tout en maigrissant Monsieur Serpentin rajeunissait. Ses tempes grises reprenaient la teinte de ses sourcils. Les poches sous ses yeux s'effaçaient. Sa démarche, toujours aussi conquérante, se faisait plus altière. Ce qui ne changeait pas c'était la lueur, tantôt amusée tantôt bienveillante qui brillait dans ses regards, ses lèvres humides, son eau de toilette. Même cette odeur provocante semblait maintenant à la jeune fille acceptable: elle faisait partie de lui.

Etienne Temple et les cadres de Hardy France remarquèrent eux aussi les changements qui s'opéraient en la personne de leur directeur. Quand ils les commentèrent d'une voix admirative, celui-ci se tourna sans un mot vers Bénédict et sourit mystérieusement. Sans bien comprendre, Bénédict fut sensible à cet hommage. Depuis longtemps elle sentait sur elle le regard de Monsieur Serpentin. Elle s'en amusait intérieurement, non sans un peu de mépris comme à l'égard de tous ces compliments banals que l'on reçoit dès lors qu'on porte un jupon. Une fois elle s'était même attachée à le provoquer un peu, en croisant haut les jambes à l'heure où il faisait son entrée. Le regard de l'homme avait glissé sur elle sans s'arrêter mais à son retour il l'avait pincée à la taille. Humiliée, elle avait cessé son manège. Elle préférait, de loin, qu'il la traitât en étudiante et continuât à lui raconter des histoires.

Bénédict menait avec Bertrand un flirt de jeune fille bien élevée. Elle se sentait émue par le désir du jeune homme qui se mettait à trembler chaque fois qu'il la prenait dans ses bras. Elle n'avait jamais connu cela. N'osant y faire allusion, elle évitait de se serrer trop près de lui, se faisait légère. Au bout de quelques semaines il dut partir effectuer un stage au Royaume-Uni. Il ne donna pas son adresse et n'écrivit pas. Bénédict le crut perdu pour elle. Quand il revint, il portait un cadeau dans les bras. C'était une tunique en mohair couleur crème, avec de grandes poches et une doublure de soie. La jeune fille fut enchantée, c'était le premier cadeau qu'elle recevait d'un amoureux. Pour le remercier, elle l'invita à dîner chez elle. Ils sortiraient ensuite pour écouter de la musique. Le dîner fut un désastre. Françoise ne cessa pas de vanter à Bertrand les qualités de sa fille. Celle-ci ne quittait pas son assiette des yeux. Le reste de la soirée fut pire encore. Bertrand n'ouvrait pas la bouche et se tenait le plus loin possible de la jeune fille. Il la raccompagna en silence et, sur le pas de la porte, lui expliqua qu'il n'était pas prêt pour un attachement durable. Il recherchait plutôt une liaison avec une femme mariée. Bénédict ne répondit pas. Il la prit dans ses bras et la serra contre lui avec rancune. Elle sentit un étrange noyau dur à l'entrejambe. Il la laissa aussi brutalement et s'éloigna.

Dans son lit la jeune fille pleura un peu puis conçut des plans pour occuper ses prochaines soirées. Elle décida de s'inscrire à un club de bridge. Elle en voulait à sa mère, et s'en voulait à elle-même mais demander des explications n'était pas son fort.

Le soir suivant elle s'installa devant un tapis vert. Une dame très vieille commandait du thé en jetant autour d'elle des regards rapides. Bénédict avait appris à jouer en regardant les autres, puis seule, en lisant et relisant son Albarran. La vieille dame lui paraissait redoutable. A la même table se trouvait un couple de retraités qui semblaient eux aussi familiers du jeu. Après réflexion, la dame ajouta un gâteau à sa commande. On tira les places au sort. Bénédict commença par perdre. La dame, dès qu'elle eût emporté un contrat de quatre piques commanda quatre gâteaux et les mangea sans partager. Le jeu de Bénédict s'améliora, elle réussit la deuxième manche avec trois sans atouts et remporta la première partie avec quatre cœurs. La vieille dame ne décolérait pas. Elle avait compté que le gain de la partie lui payerait ses gâteaux. Cela ne fit pas rire Bénédict. Elle ne retourna pas au club mais la diversion avait rempli son but, elle pensait moins à Bertrand.

Un matin Monsieur Serpentin annonça à la jeune fille qu'il avait perdu quinze kilos et que cela méritait une récompense. Il lui prit la main. Ils étaient assis à leur place habituelle, chacun d'un côté du bureau, et Bénédict devait tendre le bras. Elle aurait bien voulu le reprendre mais le directeur commercial le tenait fermement. Retournant la main, il se mit à y poser de petits baisers. C'était à la fois désagréable et émouvant. Le gros homme semblait être tout à la dévotion de la jeune fille. Son visage et son cou s'étaient empourprés et il la regardait fixement. Sa main dans la sienne était brûlante. Elle n'osait pas se reprendre et se demandait quand il la lâcherait. Pour la première fois elle sentait la force et le pouvoir de l'homme. Les petits yeux bleus qui fixaient les siens montraient une tendresse autoritaire. Bénédict cessa de tirer sur son bras et l'abandonna. Elle se disait qu'une main ce n'était pas grave.

Monsieur Serpentin entreprit de lui dicter une lettre sans lâcher sa main. Elle prit sous la dictée et profita du fait qu'elle devait retourner son bloc pour récupérer son bras mais cela ne dura qu'un instant car le directeur commercial le reprit aussitôt. Il persistait à dicter. Bénédict n'osait pas lui opposer de résistance et continua à prendre les lettres en sténo. Cela dura longtemps, jusqu'à ce que Monsieur Serpentin vînt enfin mettre fin à la séance en libérant la jeune fille. Mais elle s'était réjouie trop tôt car, il reprit sa main et recommença à dicter comme s'il ne pouvait plus s'en passer. Le supplice continuait et Bénédict pensa qu'elle ne pourrait jamais récupérer sa main dès lors qu'elle l'avait accordée une fois. Puis Monsieur Serpentin, comme si de rien n'était, raconta une anecdote sur l'un de ses collaborateurs. Bénédict écouta, préférant oublier sa main. Le gros homme parla alors du problème qui paralysait ses rapports avec les Anglais. Jamais il n'appelait ses patrons d'outre-manche autrement que « les Anglais ». Ceux-ci, donc, insistaient pour que Hardy France poursuive son effort pour promouvoir le double jersey. C'était, disaient-ils, le seul moyen d'obtenir la livraison d'un tonnage significatif. Monsieur Serpentin leur opposait le peu d'enthousiasme des confectionneurs français. Ils ne voulaient rien entendre. Eux-mêmes avaient fait la fortune de la Fibrelle avec ce seul article. Ils étaient prêts, pour assurer son succès, à doubler ou tripler le montant du budget de publicité. A Hardy France de trouver sur quelles marques de prêt à porter appuyer cette promotion. Il fallait trouver des confectionneurs prêts à s'associer à cette campagne. Qu'en pensait Bénédict ? La jeune fille resta interloquée. Monsieur Serpentin lui demandait son avis sur une question de politique commerciale. Jusque-là il semblait si sûr de lui. Le lancement de la Fibrelle était mené tambour battant par Etienne Temple et son équipe. Les essais se succédaient et les articles se multipliaient. Tout cela paraissait facile et la disponibilité du directeur commercial montrait bien que son travail n'était pas pesant.

Tout à son sujet, Monsieur Serpentin se mit à aligner des chiffres. A côté de chaque montant, il posait le nom d'une marque, raturait, recommençait. La jeune fille se sentit soulevée d'émotion. Il se passait là, à cet instant, quelque chose d'important. Le gros homme lui lançait des regards, quêtait son approbation. Elle se leva, contourna le bureau et se tint debout à côté de lui. Elle ne pouvait pas l'aider mais se montrait solidaire. Elle débordait d'affection. Il n'était plus le conquérant, il hésitait, il se rapprochait d'elle.

Lorsqu'il eut terminé son tableau, il l'interrogea à nouveau. Fallait-il lancer cette opération double jersey, dépenser autant d'argent pour imposer un tissu qui n'était pas du goût des Françaises. Devait-on obéir aux Anglais ou au contraire leur opposer une résistance, les convaincre qu'ils faisaient fausse route ? Bénédict ignorait tout de la réponse. Elle était flattée et pas un instant ne pensa à éviter le piège. Une telle décision n'appartenait à aucun d'entre eux, elle devait être collégiale. Il fallait réunir les cadres, obtenir un consensus.

Bénédict pourtant avait dix-huit ans et ne s'étonnait pas d'être ainsi placée dans un rôle d'Eminence grise. L'histoire était pleine de ce genre de récits et personne ne contestait aux rois de France le droit d'interroger leur favorite sur la marche du royaume. Autrefois les ancêtres de Bénédict avaient pris de plus graves décisions. Ils avaient lancé des ponts, construit un port, gagné et perdu des batailles. Le hasard offrait à la jeune fille une chance d'influencer l'avenir, elle ne pensa pas un instant à la laisser passer.

Dans son incapacité à imaginer la promotion du double jersey, Bénédict se réfugia dans la voie qui lui semblait la moins dangereuse. Puisque les Anglais voulaient ce tissu, pourquoi ne pas le leur donner ? N'étaient-ils pas les vrais patrons ? Elle ne le dit pas mais il y avait dans sa réponse une certaine jubilation: si les Anglais se trompaient, ce serait bien fait pour eux. N'avaient-ils pas bombardé la flotte française à Mers el-Kébir ? N'étaient-ils pas responsables, à long terme, de la mort de son père en détruisant les bateaux sur lesquels il aimait naviguer ?

Sans plus s'attarder, et puisque le choix de Bénédict allait dans son sens, Monsieur Serpentin acheva de bâtir le projet de campagne publicitaire associée avec des confectionneurs de prêt à porter. Des pages entières de magazines féminins seraient accordées à ceux qui mettraient des modèles en double jersey dans leur collection. Il communiqua son projet à l'équipe technico-commerciale ainsi qu'à l'agence de publicité.

Chantal devait revenir une fois terminé son congé de maternité. Bénédict redoutait le moment où il faudrait annoncer à sa collègue que son patron avait profité de son absence pour attribuer son poste à sa remplaçante. Elle ne sentait pas de remords, seulement un certain embarras. Les événements avaient joué en sa faveur, elle se savait plus douée que sa collègue. Depuis qu'elle assurait le rôle de secrétaire de direction, elle n'avait cessé de prendre des initiatives pour améliorer son travail. Contrairement à Chantal qui ne lisait pas le courrier avant de l'enregistrer, elle le parcourait rapidement et, chaque fois qu'un correspondant faisait état d'une lettre précédente, elle joignait celle-ci à celle qui venait d'arriver. Elle avait réformé le classement, associant une couleur à chaque profession. De plus, et la première fois son cœur avait battu très fort, elle rédigeait elle-même un projet de lettre à tous les correspondants auxquels la réponse ne posait pas de problème. Le directeur commercial signait maintenant en confiance la plus grande partie de son courrier.

Le jour où Chantal arriva, Monsieur Serpentin la fit venir dans son bureau et la garda longuement. Bénédict guetta sa sortie. Elle la trouva souriante et en fut soulagée. Sa collègue lui expliqua que le patron la dégageait d'une partie de ses responsabilités pour la laisser plus disponible à l'égard de son enfant. Ce petit discours était assorti d'une augmentation. La transmission de pouvoirs pouvait s'effectuer sans douleur. Avec le retour de Chantal, Bénédict se vit dégagée de toutes ses obligations à l'égard des collaborateurs de Hardy France. Monsieur Serpentin en profita pour la garder plus longtemps encore dans son bureau. Elle passait maintenant toutes ses matinées à ses côtés. Quand elle arrivait, il lui saisissait la main et l'embrassait puis la gardait dans la sienne pour travailler. Bénédict, dans sa naïveté, en était attendrie. Ce gros bonhomme avait besoin de sa main, il lui semblait touchant. Elle croyait ne plus pouvoir reprendre sa distance.

Peu après le retour de Chantal, un nouveau problème surgit qui agaça beaucoup le directeur commercial. Yves Abordel, le soyeux de Lyon, se plaignait d'être obligé de déjeuner avec les secrétaires. Il se faisait ainsi, disait-il, le porte-parole de l'équipe. Hardy France avait passé un accord avec trois restaurants. Rien n'était plus simple pour lui et les autres que de changer de lieu. Lorsque Monsieur Serpentin le suggéra, Monsieur Abordel se récria que leur bistrot était le meilleur et le moins cher. Monsieur Serpentin ne voyait donc pas quelle autre réponse il pourrait apporter à cette grave affaire. Tandis qu'il racontait cela à Bénédict, d'un ton moitié gêné moitié amusé, celle-ci se sentit soulevée d'indignation. Elle résolut aussitôt de défier le Lyonnais. Le jour même, partant un peu plus tôt, elle s'installa ostensiblement à l'une des tables de leur restaurant habituel. En arrivant à son tour, le petit groupe des cadres se mit à discuter mais Yves Abordel l'entraîna à une table voisine. Bénédict dut supporter l'affront en silence, toute la durée du repas. En revenant, la rage au cœur, elle raconta son déjeuner solitaire au Directeur commercial qui l'invita pour le lendemain. Il l'emmena dans une brasserie renommée pour ses fruits de mer et ils commandèrent des huîtres et du Muscadet. Il lui prit la main et ne la lâcha qu'à peine durant tout le repas. De temps en temps, il la retournait pour y déposer un petit baiser puis reprenait son discours. Bénédict se sentait vengée de l'humiliation qu'elle avait subie la veille. Durant tout le déjeuner, ils parlèrent du métier de Monsieur Serpentin qui peu à peu devenait aussi celui de Bénédict. Après un premier café, ils en burent un autre, puis un troisième. Pour finir, il commanda une mirabelle et en offrit à Bénédict. Elle aima le goût fruité et l'âpreté de l'alcool. Elle en commanda une à son tour, en souriant d'excitation. La tête lui tournait et elle s'efforçait de ne pas le montrer. Il était tard et les clients étaient partis. En sortant, Bénédict calcula chacun de ses pas pour ne pas trébucher. Elle était grise. Ils rencontrèrent Madame Rinville dans l'ascenseur. Celle-ci, sans rien dire, eut des sourires entendus à l'adresse de Bénédict. La jeune fille rougit. Plus tard dans l'après-midi Madame Rinville lui demanda si elle était sortie avec Monsieur Serpentin. Elle hésita, ne sachant ce que lui-même avait pu dire. Elle répondit par la négative. Aussitôt la collaboratrice prit un air triomphant. Elle soupçonnait des rapports qui n'existaient pas.

Bénédict ne se justifia pas. Donner des explications n'était pas son fort.

Dès lors la jeune fille déjeuna avec le gros homme plusieurs fois par semaine. Celui-ci se faisait de plus en plus pressant. Il ne se contentait plus de la main, il réclamait un baiser. Il mit à profit le trouble qu'elle ressentait après leurs repas trop arrosés pour l'embrasser dans le cou, de plus en plus près de la bouche. Bénédict luttait désespérément. Le directeur commercial avait rapidement repris tout son poids. Il la faisait venir en fin d'après-midi pour finir un travail urgent et la raccompagnait chez elle. Dans la voiture il l'assaillait à nouveau, laissait remonter sa main sur la cuisse, lui caressait le cou. Les semaines suivantes, Bénédict se dit qu'elle devrait partir, donner sa démission, changer de travail. Elle n'en faisait rien. Il continuait à lui apprendre tant de choses. Après tous ces livres qu'elle avait lus, c'était comme de feuilleter des tranches de vie de plus en plus passionnantes. Depuis peu les cours théoriques se complétaient d'un apprentissage pratique. Monsieur Serpentait emmenait Bénédict en clientèle, visitait avec elle des tisseurs et des confectionneurs. Puis il la lâcha toute seule. Bénédict prenait des rendez-vous l'après-midi, elle présentait des échantillons de Fibrelle. Chacune de ses visites était accompagnée d'un compte-rendu dont elle soignait tout particulièrement la rédaction. De plus elle signait maintenant

ses propres lettres. La première fois qu'elle avait écrit
« Bénédict de Saint Vaumas» au bas d'une page, elle avait
bondi de joie. Et Monsieur Serpentin parlait de lui faire
imprimer des cartes de visite.

Hardy France appliqua le programme anglais de promotion du double jersey. Une grande marque française de prêt à porter, attirée par le soutien publicitaire, réalisa un modèle dont la photographie en pleine page dans la presse féminine passa avec cet accrochage: « Cette année, votre nouveau tailleur sera lavable ». L'annonce avait suffi à vendre une centaine d'exemplaires. Forte de cette expérience Bénédict devait convaincre les autres entreprises d'en faire autant. L'agence de stylisme avait réalisé une gamme de coloris, des rouges francs, des bleus, un vert tropical. Monsieur Serpentin trouva ces couleurs banales. Pour mettre en évidence la qualité de lavabilité du jersey il imagina une gamme pastel, vert amande, bleu ciel, rose et coquille d'œuf. Munie des échantillons, Bénédict visita tout ce qui portait un nom dans l'habillement. L'annonce du programme publicitaire lui ouvrait les portes.

A l'automne suivant elle demanda une augmentation. A sa grande surprise Monsieur Serpentin se dit confus de n'y avoir pas songé lui-même. Il était vexé d'avoir obligé la jeune fille à réclamer. Eu égard à ses nouvelles fonctions, l'augmentation se révéla peu importante mais la jeune fille n'en avait cure. Elle habitait toujours chez sa mère et disposait de la totalité de ses gains. Elle décida d'acheter la voiture dont elle rêvait. Elle demanda un crédit. On lui réclama une caution. Elle se tourna vers son patron et obtint son accord. Il signa tous les papiers. C'était un amour de petite voiture bleu marine avec des chromes étincelants. Bénédict voulut l'étrenner avec Monsieur Serpentin mais celui-ci protesta qu'il ne parviendrait pas à y entrer. Depuis longtemps il avait cessé tout régime. Cette voiture portait à son comble l'orgueil de la jeune fille. A la fin d'une soirée dansante, lorsqu'on lui proposait de la raccompagner, elle glissait à mi-voix: « Inutile, j'ai ma voiture» et s'éloignait en agitant ses clefs dans un silence qu'elle voulait ébloui.

Elle désira étonner ses amies de Sainte Lucie et profita d'une réunion d'anciennes élèves. Elle y fit une entrée peu discrète qui lui attira tous les regards. Elle proclamait très fort son titre de promotrice des ventes tandis que les autres jeunes filles parlaient de leurs études. Elle cita la Fibrelle, cette nouvelle fibre dont parlaient tous les journaux mais personne n'avait vu les pages de publicité auxquelles elle faisait allusion. Elle espérait qu'à la suite de son intervention elle serait invitée dans les familles de ses amies mais ce ne fut pas le cas. Elle aurait voulu au moins participer aux tournois de bridge et pour y parvenir parla de la leçon qu'elle avait donnée à la vieille dame du club de bridge. Les invitations ne vinrent pas. Elle s'efforça alors d'ignorer sa déception en se disant que de toute façon elle se serait ennuyée dans ces salons.

Françoise de Saint Vaumas préparait activement le mariage de sa troisième fille, Sophie. La beauté de celle-ci lui avait permis de trouver sans peine un fiancé. Depuis l'enfance de Sophie Françoise répétait que sa fille aurait tout Paris à ses pieds. Les larges yeux de la jeune fille, d'un vert profond, illuminaient son visage. Gratiane, la cadette, revenue du Canada, donnait son aval à ce mariage. Françoise décidait de consacrer entièrement à fêter sa fille un petit héritage qu'elle venait de recevoir. Cette réception permettrait peut-être d'attirer des fiancés pour les aînées. Elle réserva trois salons au Cercle Interallié et commanda le buffet, des canapés, six pièces salées, six pièces sucrées par personne. Pour la première fois depuis la mort de son mari, elle faisait la fête, et c'était peut-être la dernière fois. Le temps d'un mariage, la branche «Françoise» des Saint Vaumas retrouvait son faste. Bénédict pensait au jour lointain où son mari, l'officier, en grand uniforme, recevait à bord du croiseur Georges Leygues qu'il commandait. Caviar et champagne. Les quatre sœurs en costume marin couraient dans les coursives et débouchaient sur le seuil du carré des officiers. Les filles du Commandant. Au dessert on servit la fameuse omelette norvégienne qui avait fait la réputation du chef cuisinier du vaisseau de guerre.

Bénédict avait invité Monsieur Serpentin. Elle présenta le gros homme à sa mère. Françoise en lui tendant la main, sentit à son étonnement celle-ci s'élever à la hauteur de la bouche de l'invité. « Quel drôle de nom il a, ton patron, comment dis-tu ? » Elle s'éloignait sans attendre la réponse et Bénédict n'avait pas à répéter ce nom si plébéien, un nom qui commençait si mal et finissait comme une fête. Un nom qui s'enroulait autour d'elle, lui liait bras et jambes. Elle savait qu'il lui aurait suffi de déchirer ces liens de papier. Il aurait fallu ne pas attendre d'être complètement ligotée. Elle ne voulait pas, elle n'était pas prête. A d'autres moments elle se sentait glisser au fond d'un puits de sable où l'attendait, à moitié enfoui, un fourmilion. Il était prêt à la dévorer. Elle secouait la tête pour se dégager. Il lui communiquait un savoir, il lui donnait un métier, lui apprenait à se diriger à travers les arbres de la forêt. Comme son père, autrefois, nommait pour elle les fleurs sauvages, Monsieur Serpentin identifiait d'un seul coup d'œil tous les tissus, une étamine, un chevron, une cheviotte. Pour l'enfant qu'elle était encore, amoureuse du savoir, il était irremplaçable. Elle avait souffert de voir tarir le flot de connaissances qui lui venait de son père, celui-ci prenait la relève, c'était inespéré. La serviette de Bénédict, ce gros sac de cuir qu'elle emportait chez les confectionneurs, bourré d'échantillons, était un sac à malices, elle le balançait fièrement dans la rue.

Elle admirait aussi le talent avec lequel le gros homme savait tracer l'histoire de chaque entrepreneur. Un tel avait commencé à fournir des couvertures pour l'armée avant de faire du drap de luxe, celui-là tricotait son empire cotonnier sur des bandes molletières. La première machine à coudre était française, créée par un Monsieur Thimonnier mort dans la misère. Le brevet avait été racheté par l'Américain Singer. Monsieur Serpentin apprenait aussi à Bénédict à faire ces gestes techniques qui étonnaient ses interlocuteurs, brûler de la gabardine pour reconnaître à l'odeur s'il s'agissait d'acrylique ou de polyester, frotter un jersey pour évaluer l'électricité statique, tendre un bas sur son poing jusqu'à ce qu'il poche, compter sous un compte-fils les filaments de fibre, froisser une soierie pour y révéler une rayonne. Lorsque Bénédict accomplissait l'un de ces gestes le visage du client, d'abord fermé, s'ouvrait peu à peu, il était séduit comme un enfant devant lequel on aurait changé l'eau en grenadine.

Un jour la main du directeur commercial s'introduisit dans le slip de Bénédict. Ceci se passait après l'un de ces déjeuners qui se prolongeaient tard dans l'après-midi et se terminaient par deux ou trois cafés et un ou deux alcools. Le gros homme garait ensuite sa voiture dans une rue écartée. Quand il se dégagea, un peu plus tard, son visage était cramoisi et il avait un air ému et reconnaissant. Bénédict assistait à cette lente prise de possession de son corps avec de l'horreur mêlée de curiosité. Attentive à ses propres réactions, elle guettait la montée des sensations et s'en défendait. Malgré sa griserie, elle ne perdait jamais conscience que Monsieur Serpentin était marié, qu'il avait quatre enfants et que sa femme attendait son retour. Le sentiment de culpabilité ne la quittait pas et l'empêchait de ressentir le moindre plaisir. Tout en continuant à se défendre elle savait que la lutte était perdue. Elle s'attachait simplement à la prolonger le plus longtemps possible. Parce que l'histoire était indigne d'elle, parce qu'elle la ravalait au rang de toutes les autres secrétaires. Bénédict s'était voulue, s'était crue différente.

Le lendemain de l'événement, Monsieur Serpentin lui montra son doigt en lui disant qu'il ne l'avait pas lavé depuis la veille. Cela lui parut dégoûtant, et malgré cela elle sentait chez lui une dévotion. Elle vivait, auprès de lui, tantôt comme une fille qui a besoin d'un père tantôt comme une mère attentive aux écarts de son fils. Jamais comme une vraie femme. Après l'épisode du doigt elle voulut se reprendre et tenta d'arrêter la main de l'homme. Il s'étonna si fort, protesta de son innocence, lui demanda avec tant de ferveur ce qu'il avait bien pu faire pour mériter ce sort qu'elle céda à nouveau. Pourtant elle ne se résignait pas à l'idée de devenir la maîtresse de son patron. La banalité de la situation l'écœurait mais la conscience qu'elle avait de ses progrès, grâce à lui, l'empêchait de fuir. Aussi se débattait-elle seule, ne sachant à qui parler. Un soir, n'y tenant plus, elle décida de demander conseil à sa mère.

Françoise, à son habitude, était couchée de bonne heure et lisait dans son lit. Bénédict raconta à sa mère les assauts dont elle était la cible depuis près d'un an. Elle lui demanda s'il ne valait pas mieux céder aux instances de Monsieur Serpentin pour en être débarrassée. En lui accordant une fois ou deux ce qu'il demandait, peut-être se libérerait-elle de sa dette auprès de lui et aurait-elle ainsi la paix. Elle ferait toutes ses volontés si cela lui permettait, ensuite, de se remettre au travail. Françoise l'assura qu'en cédant à son patron elle ne ferait que s'enchaîner davantage. Elle lui décrivit son état de dépendance:

- Ce sera bien pire, tu verras, on s'attache. L'intimité est agréable, elle rapproche. Vous vous tutoierez, on se tutoie toujours après l'amour. Tu ne pourras plus te défaire de lui et l'on dira de toi que tu t'es élevée grâce à tes fesses.

Bénédict restait silencieuse. Elle n'avait pas obtenu la réponse qu'elle cherchait. Elle changea abruptement de sujet. La petite Tour Eiffel sur la table de nuit la narguait. Elle voulait regagner du terrain.

- Maman, tu ne m'as jamais dit comment était mort papa?

- Il s'est tué en se jetant de la Tour Eiffel.

- Je crois que je le savais ... On a dû me le dire.

Françoise pleurait. Les larmes adoucissaient la situation, la banalisaient. Bénédict embrassait sa mère, la consolait. Elle-même pourtant était en proie à l'horreur. Cette révélation de la mort violente de son père portait un comble à son angoisse. Non, elle ne l'avait pas su, n'aurait pu le savoir. Elle imaginait son père enjambant la rambarde, le corps se jetant dans le vide avec un grand cri. Elle fermait les yeux, refusait les images.

Revenue dans sa chambre, elle tenta de chasser le passé de son esprit et d'y ramener le calme. Sa perplexité et son irrésolution redoublèrent. Elle pensait à l'expression de Françoise : « élevée grâce à tes fesses ». Elle dormit mal. La journée suivante elle s'efforça de travailler tout en rejetant toute autre pensée de son esprit. Le surlendemain lorsqu'elle pénétra dans le bureau de Monsieur Serpentin elle vit tout de suite qu'il s'était passé quelque chose. Le gros homme ne se leva pas pour l'accueillir et la regardait d'un air lourd de reproches.

- J'ai reçu une lettre de votre mère, dit-il. Elle est très injuste. Elle me reproche toutes sortes de choses. Elle dit :

« ma fille me dit tout ». Est-ce qu'elle vous a dit, aussi, que j'étais un salaud ?

Tassé dans son fauteuil, il enfouissait sa tête dans ses mains et, de ses petits yeux inquiets, il interrogeait Bénédict. Son regard se faisait humble et suppliant. La jeune fille pensait au souvenir de son père, autrefois, cachant son visage dans ses mains. Elle avait bien l'impression qu'il forçait un peu son rôle mais elle se sentait pleine de pitié pour lui et surtout de colère contre sa mère qui avait trahi son secret. Elle aurait voulu lire la lettre restée sur le bureau et dont elle reconnaissait l'écriture mais elle n'osait pas le demander et Monsieur Serpentin ne le lui proposait pas. Elle se jura de ne plus rien dire à celle qui croyait tout savoir.

- Mais non, vous n'êtes pas un salaud !

Monsieur Serpentin lui lança un regard d'espoir. Elle vint poser sa main sur la nuque rouge et piquante. Le gros homme, d'un air enfantin, passa son bras autour de sa taille et appuya sa tête contre elle avec abandon. Elle se baissa, lui prit la tête et l'embrassa. Il se jeta sur elle. Elle croyait voir des larmes briller dans ses yeux. C'était la première fois qu'ils s'embrassaient au bureau. A tout moment l'un ou l'autre des collaborateurs de Hardy France pouvait frapper et entrer. Elle ne voulait surtout pas qu'on les surprenne, elle, le visage défait, la bouche pâle, lui, remettant de l'ordre dans ses vêtements, l'air vaguement triomphant. Son tube de rouge à lèvres était resté dans son propre bureau. Il suffisait d'un regard pour la trahir. Mais elle sentait aussi que tout le personnel y compris peut-être Etienne Temple la croyait déjà et depuis longtemps la maîtresse de Monsieur Serpentin. Les matinées passées dans le bureau, ces déjeuners qui n'en finissaient pas ne pouvaient être seulement le fait du travail. Après l'humiliation qu'ils lui avaient fait subir au restaurant, elle ne déjeunait plus jamais avec eux. Lorsqu'elle n'était pas avec Monsieur Serpentin elle prenait seule un sandwich et un verre de lait. Ses contacts avec l'équipe s'étaient faits rares. Elle s'en souciait peu. Il n'y avait qu'un seul cadre dont elle tenait à garder l'estime, c'était Etienne Temple. Pour lui elle ne voulait pas être surprise dans une scène grotesque. Elle s'enfuit sans bruit dans le couloir.

Le soir même Monsieur Serpentin lui proposait de visiter sa maison. C'étaient les vacances de la Toussaint. Sa femme était partie avec les enfants. La maison était vide et il redoutait de s'y retrouver seul, disait-il. Bénédict pensait qu'il voulait profiter de l'avantage acquis. Elle savait qu'accepter de dîner avec lui dans ces circonstances c'était comme accepter de faire l'amour. Elle était trop fatiguée pour lutter encore. Elle s'abandonnait. Sa mère l'aurait jetée, sans le vouloir, dans les bras du gros homme, pensait-elle. Elle ne voulait accuser personne mais se sentait à bout de résistance. Qu'importe, après tout, se disait-elle, j'aurai tenu un an, c'est mieux que la petite chèvre de Monsieur Seguin. La curiosité aussi la menait, entrer dans cette maison, la maison du patron, la maison de son épouse, c'était mal, sans doute, mais tellement excitant. Voir quels meubles il avait choisis, quels livres il lisait, quelle musique il écoutait. Pénétrer son intimité. Elle se demandait un peu comment il osait faire entrer une étrangère chez lui, dans la maison de famille. Mais elle n'était pas encore sa maîtresse et puis c'était son affaire. Même Victor Hugo avait introduit Juliette Drouet chez lui, en l'absence de sa femme. Ce soir, elle voulait rester avec lui, elle lui devait réparation. Elle était prête, elle ne savait pas encore à quoi. Peut-être à tout.

Monsieur Serpentin habitait une maison de fonction en bordure de la forêt de Montmorency. Avant d'y entrer il emmena Bénédict manger une pintade aux choux arrosée de Cahors dans une auberge près du lac d'Enghien. La chère lourde et le bon vin la mirent dans l'état d'ébriété qu'elle recherchait depuis quelque temps pour anesthésier ses remords. A moitié endormie, déjà, elle pénétra dans la maison. Le rez-de-chaussée ouvrait sur un petit jardin que, malgré la saison, on devinait encore fleuri. L'automne jonchait la pelouse de feuilles. Cela sentait bon l'humus. Avec fierté Monsieur Serpentin montrait la salle à manger, le salon rempli de meubles garnis de cuir. Puis ils gravirent l'escalier et pénétrèrent dans une chambre étroite. La seule chose que vit Bénédict fut le dessus de lit en satin matelassé couleur saumon. Elle eut envie de fuir. Monsieur Serpentin l'entraîna vers une chauffeuse qui se trouvait dans l'angle. Il la prit en travers de ses genoux. Avec des gestes ralentis, il commença par lui enlever ses bas, l'un après l'autre. Elle portait une robe de Fibrelle, tout d'une pièce. Il fit passer la robe par-dessus ses épaules et s'arrêta pour la contempler. Elle n'osait pas faire un geste. Toujours en silence il dégrafa le soutien-gorge et roula le slip. Bénédict ne bougeait pas, dans son émotion elle se comparait à cette Pieta de Michel Ange de Saint Pierre de Rome, mais c'est elle qui faisait le Christ. Lorsqu'il l'eût assez regardée, il l'emporta et la déposa sur le lit. Elle s'empressa d'y entrer pour se dérober à sa vue. Il partit dans la salle de bains voisine. C'était la première fois qu'elle se sentait nue dans un lit, la sensation était agréable. Elle n'oubliait pas cependant que c'était le lit d'une autre et le remords ne la quittait pas. Elle tendit le bras et éteignit la lumière qui émanait d'un abat-jour saumon. Elle se pelotonna en chien de fusil et attendit. La porte de la salle de bains s'ouvrit et elle fut soulagée de voir qu'il était en pyjama. Elle ferma les yeux. A son tour il se mit au lit et l'embrassa sur la tempe avant de se retourner. Tandis que Bénédict retenait son souffle, elle entendit le sien s'élever peu à peu. Avec un soupir elle s'endormit à son tour.

Le matin en s'éveillant Bénédict fut toute surprise que Monsieur Serpentin ne l'eût pas touchée pendant la nuit. Sans doute avait-il été arrêté par la présence invisible de sa femme dans cette chambre. Elle ne l'avait pas cru capable d'une telle délicatesse. Une odeur de pain grillé montait de la cuisine. Ses vêtements l'attendaient, bien pliés dans la salle de bains. Elle s'habilla rapidement et descendit. Le couvert était mis sur un guéridon devant la porte-fenêtre. Tous deux mangèrent avec appétit les tartines à la marmelade. Heureuse de ce sursis la jeune fille était de très bonne humeur. Ils n'évoquèrent pas la nuit qui venait de s'écouler mais parlèrent de leur journée, pleine de projets et d'une aventure professionnelle à laquelle Bénédict s'attachait de plus en plus. Les Anglais venaient de prendre la décision de quitter le quartier des Champs Elysées pour s'installer à la Porte Maillot dans des locaux moins chers et plus modernes. Bénédict ne partagerait plus le bureau de Chantal mais disposerait du sien dont elle pourrait choisir la décoration murale. Ce bureau serait contigu à celui du directeur commercial et accueillerait une nouvelle secrétaire qu'elle serait chargée de former. Elle-même se consacrerait désormais à la promotion des ventes et se verrait attribuer le secteur de la confection féminine. Elle serait une collaboratrice de Hardy France, à part entière. Elle pourrait inviter ses clients à déjeuner et devenir cadre avec une augmentation. La jeune fille regardait le gros homme avec des yeux éblouis. Jamais elle n'avait pensé obtenir si vite un statut. Avec lui à ses côtés elle était sûre d'être à la hauteur de ses nouvelles tâches. La perspective de former sa remplaçante l'inquiétait. Elle n'avait aucune expérience dans ce domaine, elle-même s'étant formée sur le tas. Monsieur Serpentin lui assura qu'elle disposerait de temps.

Dans la voiture qui les ramenait au bureau Bénédict resta silencieuse mais posa la main sur la cuisse de son voisin dans un geste d'affection et de reconnaissance. Aussitôt il la recouvrit de sa grosse main un peu rouge, aux doigts boudinés, aux quelques poils gris entre les phalanges. Il laissa cette main immobile quelques instants puis la fit remonter contre son propre sexe. Il conduisait sa voiture d'une seule main, rapidement, un peu brusquement. La jeune fille ne craignait rien, elle aurait voulu que ce voyage se prolongeât encore longtemps dans le matin d'automne. A leur arrivée il la déposa devant la porte avant d'aller garer la voiture. Elle négligea les ascenseurs pour grimper joyeusement les quatre étages. Ce matin-là elle en aurait grimpé quinze.

Très vite cependant elle fit connaissance avec les difficultés de sa tâche. Malgré le démarrage spectaculaire du double jersey les confectionneurs continuaient de renâcler à utiliser le nouveau tissu. Ils se plaignaient du toucher trop sec, de la pauvreté des coloris. Ils réalisaient un modèle en un seul exemplaire, pour obtenir une page de publicité, et attendaient ensuite des commandes qui ne venaient pas. D'accord avec le directeur commercial Bénédict plaça la barre un peu plus haut et obtint d'un fabricant du célèbre Groupe des Douze qu'il réalisât cinquante exemplaires du modèle de la publicité. Toute fière de sa victoire elle se décida à prendre rendez-vous avec une autre maison dont la renommée l'intimidait. Comme elle voulait s'y présenter avec davantage d'atouts, elle se fit confier par Temple des échantillons des tout nouveaux tissus. C'était une dentelle réalisée sur métier Jacquard et un drap pour manteaux et tailleurs. Ces deux articles venaient tout juste d'être homologués. Quand elle arriva chez René Leblanc elle fut introduite dans un petit salon. Comme Monsieur Serpentin le lui avait appris, elle se rappela à la secrétaire au bout de dix minutes d'attente. Cinq minutes s'écoulèrent encore. «Dix minutes on se rappelle, cinq minutes on s'en va » lui avait répété le gros homme. Avec regret elle se préparait à partir. La secrétaire la rappela à l'entrée et la fit entrer dans un grand bureau garni de meubles d'époque. Au fond de la pièce plongée dans le noir, la tête de René Leblanc dépassait à peine d'un bureau Empire orné de bronzes. Il était petit et voûté mais son sens des affaires était légendaire dans la profession. Il ne dessinait pas lui-même mais savait s'assurer la collaboration de stylistes qui faisaient de sa maison la plus élégante de Paris, secteur Prêt à porter. On disait aussi que ses stylistes ne restaient pas longtemps, mal payés comme ils l'étaient, mais une seule saison leur suffisait à se lancer eux-mêmes. Toute la profession leur ouvrait alors ses portes.

Leblanc examina les tissus de Fibrelle. Il trouva le double jersey creux et sec et ses coloris inexistants. Le beige était rosé au lieu d'être bleuté, le vert n'était pas assez tilleul, le rose trop saumon et le jaune verdâtre. La dentelle était molle et chargée. Elle manquait de tenue. Quant au drap, il n'était pas assez fourni. A l'appui de ses dires, il pliait le tissu en deux dans ses doigts et comptait le nombre de poils qui se dressaient à la pliure.

A chacune de ces critiques Bénédict se tassait dans son fauteuil. Elle était obligée de reconnaître qu'il avait raison, aucun de ces échantillons ne souffrait la comparaison avec les tissus naturels. Elle voulut mettre en avant les qualités pratiques de la Fibrelle, sa lavabilité. Il se mit à rire.

- Mes clientes à moi n'apprécient que les doublures en pongé de soie et il ne viendrait à aucune d'elles l'idée de mettre leur robe dans la machine. Quel âge avez-vous?

- Vingt ans, répondit Bénédict en se vieillissant d'un an.

- Alors votre orgueil est encore plus insensé.

La jeune fille se redressa, furieuse. Ce petit homme qui n'avait pas le courage de ses origines - car tout le monde savait que son nom de Leblanc en cachait un autre - se permettait une réflexion personnelle. « No personal remarks » disaient les Anglais. Elle avait hâte de partir et de raconter l'entretien à Monsieur Serpentin qui la consolerait. René Leblanc leva alors une main pour la retenir :

- Je veux bien vous faire un modèle pour la photo, envoyez-moi un métrage de dentelle.

Elle faillit répondre qu'une photo ne l'intéressait pas, qu'elle voulait faire du tonnage. Au lieu de cela elle lui promit le métrage pour la semaine suivante en rageant intérieurement de ne pouvoir le facturer. Elle se leva en se tenant très droite à son habitude mais Leblanc ne la regardait plus. Il ne la raccompagna pas. Cette expérience la rendit morose pendant une semaine. Ce ne fut pas la seule raison de sa maussaderie.

Quelques jours après la nuit de Montmorency, Monsieur Serpentin l'invita pour dîner dans une auberge au bord du lac. Par chance la lune se dégagea et se mit à briller sur les eaux froides. Bénédict ne voulut pas la regarder. Elle redoutait ce qui allait suivre. Elle fit exprès de boire beaucoup. Le directeur commercial l'avait prévenue qu'il retenait une chambre pour la nuit. Après le repas il fallut passer devant la réception. La jeune fille eut honte en se demandant ce que la patronne pensait du couple qu'ils formaient. Monsieur Serpentin n'avait pas enlevé son alliance. Il était sûrement connu dans cette auberge. Elle craignait de surprendre un signe de connivence. Le vin qu'elle avait bu ne réussissait pas à la mettre dans l'état brumeux qu'elle recherchait. Sa conscience était tout aussi aiguë qu'avant le repas. En montant l'escalier elle fit au gros homme la prière qu'elle avait sur les lèvres depuis longtemps.

- Promettez-moi que nous continuerons à nous vouvoyer.

- Si vous voulez.

Ils entrèrent dans une chambre ornée de bouquets Louis XVI. Il l'attira à la fenêtre qu'il ouvrit malgré la fraîcheur de la nuit. La lune sur le lac resplendissait. Elle lui lança un regard haineux. Il se mit à embrasser la jeune fille puis à la déshabiller. Elle eut froid et se glissa dans le lit. Elle fermait les yeux, voulant effacer de sa mémoire les détails de cette nuit Malgré cela elle sentait qu'elle n'oublierait rien. Il ferma la fenêtre, se dévêtit et vint s'allonger à côté d'elle. Le contact de son corps n'était pas déplaisant. Il la réchauffait. Il plongea alors sous la couverture et elle se rendit compte avec horreur qu'il l'embrassait entre les jambes. Elle eut honte.

Cependant elle ne fit rien pour le gêner. Le dégoût la tendait, immobile. Son corps ne lui appartenait plus. Elle en faisait abstraction. Lorsqu'il remonta près d'elle il frotta sa bouche contre l'oreiller et l'embrassa à nouveau. Tout cela se déroulait en silence, un silence que Bénédict appréciait vivement. Lorsqu' il la pénétra, il laissa échapper un cri :

- Je suis dans ton trou !

La joie du gros homme empêcha Bénédict de montrer son dépit. Elle se mit à pleurer. L'instant plus tard il renouvelait sa clameur :

- Je suis dans ton trou, je suis dans ton trou !

C'était pire que tout ce à quoi Bénédict s'était attendue. Cette chose abjecte contre laquelle elle luttait depuis des mois avait enfin lieu et elle était là, anéantie, avec tout le poids du gros homme sur le corps. Elle n'osa pas le repousser. Elle cessa de pleurer car il ne s'en apercevait pas. Il semblait épuisé, comme après un effort gigantesque. L'affection qu'elle avait pour lui, malgré tout, l'empêchait de lui gâcher son plaisir. Les secondes s'écoulaient et elle se sentait de plus en plus oppressée, ce grand corps appuyé contre elle. Peut-être allait-il s'endormir. Elle se dégagea en glissant de côté. Il balbutia quelques mots d'excuse. Au moment où il avait joui, il s'était brusquement échappé d'elle, son mouchoir à la main. Renversé à ses côtés, il lui prit les doigts et les baisa. Toujours cette dévotion qui la rassurait. Elle se sentit réconfortée. Allons, ce n'est pas un drame, se dit-elle en secouant sa mélancolie. Elle voulut réagir :

- J'ai faim, dit-elle d'une voix mutine.

Dans les romans et dans les films, l'héroïne a toujours faim après l'amour. Sans ressentir cet appétit, elle voulait créer une diversion, s'amuser un peu.

- Que voulez-vous manger?

Aussitôt elle fut contente de voir qu'il respectait sa prière.

- Je ne sais pas, une omelette ?

Elle se souvenait du film « La mandarine ». Les personnages dévoraient d'énormes omelettes.

Je ne crois pas qu'ils acceptent de faire la cuisine à cette heure-ci mais peut-être une assiette froide ?

Il prit le téléphone et appela la réception. Il dut insister longuement, user de toute son autorité, promettre un bon service. Quand il reposa l'appareil, son visage avait repris son expression habituelle, bonhomme et bienveillante. Cette expression que Bénédict aimait.

- Il va nous servir du jambon de Bayonne avec du Gewurztraminer. Cela vous plaît ?

Elle ignorait ce qu'était le Gewurztraminer mais ne demandait pas mieux que de connaître un nouveau mot, surtout un mot aussi magique que celui-ci. C'était un vin d'Alsace au goût fruité, le meilleur qu'elle n'ait jamais bu.

Après une gorgée elle changea d'humeur et décida de fêter malgré tout le piteux événement qui venait d'avoir lieu, le jour où elle perdait sa virginité. Le jambon aussi était délicieux et son goût salé se mariait avec bonheur à celui du vin. Assise sur le lit, encore nue, elle leva son verre. Monsieur Serpentin aussi. Il avait enfilé un pyjama. Un pyjama de soie bordeaux qui allait bien à l'homme d'affaires et cachait un peu l'amant. Maintenant qu'était passé ce moment fatidique qu'elle repoussait depuis un an, elle pouvait se détendre, rouler entre ses doigts les fines tranches de jambon et les déchiqueter avec de grandes rasades de vin blanc. Elle devenait alcoolique et trouvait cela agréable. Après ce repas elle s'endormit et Monsieur Serpentin n'eut même pas le temps de lui souhaiter une bonne nuit.

En se réveillant Bénédict songea à écrire sur son agenda : « Deuxième partie ».

Deuxième partie de son histoire avec Monsieur Serpentin ou deuxième partie de sa vie. En « couchant » avec le gros homme - elle n'aimait pas l'expression mais l'utilisait intentionnellement - elle avait tourné une page, semblait-il, et rien ne serait plus pareil. Elle aurait voulu l'annoncer à quelqu'un. Mais à qui ? Non, elle ne pouvait se confier à personne. C'était une défaite et voilà tout.

Le salmigondis culturel qu'avait absorbé Bénédict depuis l'enfance avec toute cette littérature, bonne et mauvaise, était bien fait pour lui faire entendre que dans cette lutte incessante, ce combat pied à pied elle avait en effet perdu quelque chose. Cette virginité à laquelle tenaient tant les auteurs, cette virginité dont la valeur était telle qu'elle se monnayait encore dans de nombreux pays, voici ce qu'elle avait donné, cette nuit, voici plutôt ce que l'on m'a pris, se disait-elle. Elle ne se disait pas qu'elle l'avait échangée peu à peu, petit bout par petit bout, contre un métier, contre un savoir, pour entrer dans un monde. Elle ne savait pas, pas encore, que dans ce monde il fallait avancer donnant donnant, et qu'elle avait payé de sa personne. Si on le lui avait posé, elle aurait peut-être trouvé le marché honnête mais ce n'était pas un marché et l'histoire ne se racontait pas en ces termes. On n'apprend pas aux filles de la noblesse à se vendre. Elle était abattue ce matin-là malgré la tendresse et l'affection de son amant. Cet amant qu'elle n'appelait pas, qu'elle n'appellerait jamais son amant, même dans ses pensées les plus cachées. Pour elle, il était toujours son patron, elle ne voulait l'appeler que Monsieur Serpentin. Et elle avait couché avec lui. Elle brusqua le petit déjeuner, voulut retourner au bureau, se mettre à travailler. C'était là sa place. Elle voulait oublier cet épisode, commencer vite sa deuxième partie, tourner la page. Elle n'en voulait à personne, Monsieur Serpentin avait gagné, il était plus fort qu'elle, c'était écrit depuis le début. Vae Victis.

En partant elle n'eut pas un regard sur le lac, elle ne voulait pas d'images. Il ne faut pas graver dans sa mémoire un lieu si romantique pour une histoire qui ne l'est pas. La première fois, le premier homme qui me prend dans ses bras. Il ne lui avait jamais dit, jamais, qu'il l'aimait, et comment l'aurait-il dit, il avait une femme, quatre enfants, il avait près de cinquante ans. Et pourtant elle se prenait à regretter qu'il ne l'ait pas dit. Tout aurait été plus facile. Elle posa la main sur sa cuisse, comme elle faisait souvent, par affection, pour compenser un peu le fait qu'elle ne l'aimait pas non plus. Pour rendre l'histoire acceptable. Parce qu'elle ne lui en voulait pas, malgré son silence. Il prit sa main puis la lâcha, remonta sa jupe, tout en conduisant :

- J'ai tout fait avec vous, s'exclama-t-il, et j'ai encore envie de vous toujours.

Et il glissait ses doigts dans la chaleur de la cuisse. Elle lui était reconnaissante de se prêter au vouvoiement qu'elle avait demandé et qui sonnait pourtant comme un anachronisme après la nuit qu'ils avaient passée. Elle décida de rejeter cette déprime. Repliant ses jambes sur son siège, elle tendit la main vers la nuque de son voisin. C'était la première fois qu'elle faisait ce geste un peu ostensible, visible en tout cas, comme une prise de possession. Les autres conducteurs pouvaient voir maintenant qu'elle était la maîtresse de cet homme. Ils pourraient croire qu'elle l'aimait. Elle pensait qu'il serait sensible à ce geste, qu'il en accuserait réception. Elle ne songea pas un instant qu'il avait peur d'être vu en sa compagnie. Au bout d'un moment elle retira sa main, vexée. Il ne bougea pas. Elle songea qu'avec lui elle serait toujours à contretemps. Ils n'avaient pas la même sensibilité.

Il conduisait bien et vite malgré sa main droite toujours glissée entre les cuisses de Bénédict. Il menait sa voiture par à-coups mais sans imprudence. Elle le regardait de profil, en proie à un sentiment de nouveauté, presque d'irréalité. De temps en temps il passait sa langue sur ses lèvres qui restaient ainsi toujours humides. Sous la peau rasée de près on devinait déjà la couperose qui s'installerait peut-être dans les prochaines années. Les sourcils étaient grisonnants ainsi que les cheveux. Malgré la graisse qui noyait le menton, les traits restaient fermes, le regard était volontaire, les narines palpitaient. Le cou était épais et rougeoyant.

- A quoi pensez-vous, demanda-t-il, se sentant observé.
- Je me demandais quel était votre signe zodiacal ?
- Taureau, charme et douceur, et vous ?

- Je suis de la Vierge, répondit Bénédict en grimaçant.

La semaine suivante toute l'équipe de Hardy France déménagea pour s'installer Porte Maillot. Les nouveaux locaux étaient spacieux et clairs, de larges baies vitrées ouvraient sur l'avenue de la Grande Armée. Un vaste « show-room » présentait dans des vitrines les articles réalisés en Fibrelle. Cônes de fils de toutes les couleurs, pièces de tissus, petits manteaux d'enfants en ratine, jupes et robes en double jersey. Bénédict disposait d'une pièce assez grande pour contenir deux bureaux en vis-à-vis. Elle attendait la nouvelle secrétaire qui s'installerait en face d'elle. Une porte au fond communiquait directement avec le bureau de Monsieur Serpentin. Danielle arriva en début d'année. Elle était mince et brune avec une voix haut perchée. Elle semblait plus âgée que ne l'indiquait son curriculum vitae et elle intimidait beaucoup Bénédict. Pour se défendre de ce sentiment, la jeune fille voulut la prendre de haut. Dès le lendemain de son arrivée elle lui fit remarquer ses quelques minutes de retard. Danielle répondit en se levant comme pour partir.

- l'accepte très bien que vous me fassiez une réflexion, mais pas sur ce ton, dit-elle.

- Quel ton ?

- Vous savez très bien. Si vous prenez ce ton avec moi, je ne pourrai pas travailler avec vous.

Bénédict n'hésita qu'une seconde devant cet obstacle. Elle choisit de battre en retraite :

- Excusez-moi, c'est parce que je n'ai pas l'habitude. On m'a demandé de vous former et je n'aime pas faire des réflexions.

- Je comprends dit Danielle en souriant.

Elle s'assit et s'excusa de son retard. Les deux jeunes filles commencèrent une conversation qui les rapprocha. La porte de communication les interrompit en s'ouvrant brusquement. Monsieur Serpentin surgissait et sa présence auréolée d'eau de toilette vint remplir le bureau qui en parut du coup plus petit. A son habitude il tendit la main autour de lui.

- Je vois que vous faites connaissance. Danielle, vous viendrez me voir avec votre bloc.

Celle-ci se dirigea sur ses talons hauts vers le bureau du gros homme. Bénédict ne put s'empêcher de ressentir de la jalousie envers celle qui prenait sa place mais elle savait qu'il s'agissait d'un nouveau pas en avant.

Dans sa famille comme auprès de ses amis elle parlait beaucoup de la fibrelle, souvent avec excès. Ses sœurs la rembarraient. Jusqu'à ce que Mathilde s'envolât vers les Etats Unis au bras d'un jeune New-Yorkais qu'elle avait rencontré dans sa vie professionnelle. Bénédict qui s'était sentie si proche de son aînée souffrit de son absence. Elle ne se confiait à personne. Elle ne disait plus non plus un mot à sa mère qui se félicitait sans doute du résultat de son intervention. Elle avait maintenant une voiture, un travail passionnant. Le havre familial n'était plus qu'un endroit pour dormir. Sa vraie vie se déroulait désormais entre les murs de Hardy France et en compagnie de Monsieur Serpentin. Contrairement à ce qu'elle pensait, le fait d'être devenue la maîtresse de son patron ne changea pas son existence ni ses rapports avec les collaborateurs de la société. Ceux-ci avaient franchi l'étape avant elle. Elle déjeunait presque tous les jours avec le gros homme mais s'attardait moins longtemps car son propre travail la retenait. Elle avait hâte de retourner au bureau. Le soir par contre elle traînait volontiers pour discuter avec lui des événements de la journée. Souvent ils allaient prendre un verre dans un piano-bar. Monsieur Serpentin commandait un dry, deux tiers de Gordons, un tiers de Martini blanc. Le fait qu'ils étaient amants ne changeait pas leurs rapports, Monsieur Serpentin poursuivait ses récits et Bénédict les écoutait malgré la brume que l'alcool mettait dans sa tête. Une fois par semaine ils dînaient à l'auberge du lac et après le dîner ils faisaient l'amour dans la voiture. Monsieur Serpentin, après s'être attardé un instant sur les seins de la jeune fille descendait lui dévorer l'entre-jambe. Bénédict lui rendait maintenant la politesse. Ses attentions provoquaient parfois l'éruption attendue et Bénédict avalait la lave, ne sachant qu'en faire. La première fois qu'elle avait fait cela, Monsieur Serpentin lui avait pris le visage entre ses grosses mains avec attention :

- Vous m'aimez donc un peu ?

Plus qu'un peu, avait répondu la jeune fille, fière de son exploit.

Quitte à faire l'amour, autant le faire bien.

- Elle vous fait ça, votre femme ?

- Elle n'aime pas çà.

Et voilà pourquoi il la trompe, pensa-t-elle.

Elle se promettait de ne jamais être la cause d'une telle mésaventure lorsqu'elle-même serait mariée. Les relations de Monsieur Serpentin avec sa femme étaient pour elle un mystère. Lorsqu'elle téléphonait au bureau, plutôt rarement, il l'appelait « p'tit » et lui manifestait une grande gentillesse. Mais il rentrait le soir de plus en plus tard, sans s'excuser. Bénédict plaignait la pauvre femme. Elle se disait cependant que ce n'était pas elle qui avait provoqué cette situation. Elle n'était sans doute pas la première. Que les Serpentin se débrouillent entre eux, se disait-elle sans réussir cependant à se débarrasser de sa culpabilité.

Monsieur Serpentin n'aimait pas parler de sa femme. Bénédict avait pourtant réussi à apprendre qu'il s'était marié très jeune avec cette fille du Nord qui s'appelait Maylis. Elle imaginait derrière ce nom une Ophélie toujours en larmes et couverte de fleurs. Les quatre filles Serpentin grandissaient auprès de leur mère qui ne travaillait pas. Bénédict savait que le gros homme ne divorcerait pas et s'il avait voulu le faire, elle en eût été bien embarrassée. Elle ne se sentait pas moins ligotée par cette situation et se demandait comment s'en défaire. Il lui arrivait souvent de souhaiter la mort du gros homme.

Si elle avait cru auparavant qu'en faisant l'amour avec lui une fois ou deux, elle en eût été débarrassée, elle devait reconnaître aujourd'hui que Françoise de Saint Vaumas avait eu raison. Loin de la libérer, le rapport physique n'avait fait que l'enchaîner davantage. Il n'était jamais rassasié d'elle. A chaque instant il l'embrassait, la caressait. Ces scènes se passaient au bureau et les collaborateurs de Hardy France avaient failli les surprendre à plusieurs reprises. Sans cesse elle devait se défendre tout en souriant avec indulgence. Moins que jamais, malgré tout, elle ne voulait, en le quittant, renoncer à son travail. Avec la présence de Danielle, la nouvelle secrétaire, elle s'était complètement affranchie de son rôle d'assistante pour entrer dans la peau d'une véritable collaboratrice. Et Serpentin la poussait toujours. Il y avait eu la première fois où elle avait dicté une lettre à Danielle. Monsieur Serpentin l'avait pressée de se lancer dans cet exercice. Elle reculait. Choisissez une lettre facile, disait-il. Vous en êtes capable. Et un beau matin Bénédict avait démarré : « Cher Monsieur, comme nous en étions convenus par téléphone, je vous prie de trouver ci-joint… etc. ». Danielle, bloc en main, prenait la lettre tout naturellement, elle avait enchaîné sur une autre puis encore une autre.

Il y avait eu aussi la première fois où elle avait répondu au téléphone : « Vous pouvez prendre rendez-vous avec ma secrétaire. » Et puis son premier rapport d'activités, sur lequel elle avait passé des heures. Pour le refaire ensuite entièrement suivant les indications de Monsieur Serpentin. « Vous avez prouvé votre valeur » avait dit Etienne Temple après l'avoir lu. Son cœur avait sauté de joie. C'était le seul membre de l'équipe dont elle avait guetté l'assentiment et ce mot la rassurait, l'absolvait. Qu'importaient après cela les regards jaloux, les réflexions amères de Madame Rinville, l'indifférence des autres cadres ? A quoi bon souhaiter maintenant qu'ils l'invitent à leur table? Ils n'en faisaient rien, n'en feraient jamais rien et la jeune fille les croisait sans un mot dans les couloirs, de plus en plus droite et toujours affairée.

Il y avait eu aussi cette première fois où ils avaient visité une filature du Nord. Partis en voiture à l'aube, ils s'étaient arrêtés vers dix heures pour un petit déjeuner de route. Monsieur Serpentin avait commandé leur menu fétiche, jambon de Bayonne et Gewurztraminer. Ils étaient repartis d'un cœur léger, un peu gris, et arrivaient une heure plus tard dans un bureau encombré d'échantillons où on les attendait.

- Une collaboratrice de notre société, disait Monsieur Serpentin pour présenter Bénédict.

Elle était un peu vexée, regrettait qu'il n'ait pas mentionné son nom. Après une brève conversation ils partaient visiter les ateliers. Sous un vaste hangar, de longs bancs à broches faisaient tourner des milliers de cônes de fil. Des femmes en blouses roses, debout dans les travées, veillaient sur l'enroulement, cassaient parfois un fil entre leurs doigts d'un geste habile ou remettaient d'aplomb un cône. Au bout de chaque banc, sur des chariots, s'entassaient des bobines de toutes les couleurs. Le vacarme était assourdissant. Le directeur technique entraînait Monsieur Serpentin vers l'un des chariots, prenait un cône de fil entre ses mains et déroulait quelques mètres de fil.

- C'est de la Fibrelle ! s'écriait tout heureux Monsieur Serpentin à l'adresse de la jeune fille.

Très vite avant la pause il leur fallait franchir le double pan de caoutchouc noir qui fermait la salle pour pénétrer dans l'atelier d'emballage puis dans la salle de stocks, impressionnante avec ses pyramides de carton jusqu'au faîtage. Des diables soulevant des piles allaient et venaient parmi les échafaudages. Une sonnerie vint annoncer midi et les salles furent désertées en un instant. Pendant le déjeuner, qu'ils prirent à la cantine dans un coin réservé, Bénédict essayait d'enregistrer tous les mots nouveaux qui l'enchantaient. Elle les réutiliserait à l'intention des confectionneurs. Puis ils retournèrent dans l'usine. Bénédict admirait les gestes précis des ouvrières. Elle les plaignait aussi de travailler debout dans ce bruit. Elle aurait voulu leur adresser quelques mots de sympathie mais ne savait comment faire. Elle s'en voulait de se promener dans les ateliers en touriste.

Ils prirent congé sans manquer d'inviter le directeur technique à venir visiter les locaux de Hardy France et s'en retournèrent à travers le paysage plat que soulevaient de temps à autre les montagnes de mâchefer. Bénédict trouva une beauté mélancolique à cet enfer du Nord. Elle pensait à « Germinal ». Les pyramides noirâtres étaient surmontées d'herbes folles, comme des plumes sur un chapeau. Monsieur

Serpentin racontait son enfance dans un coron, le climat morose mais aussi la chaleur des habitants. C'était mieux encore que du Zola, c'était la vie même. Une autre fois ils furent invités à Lyon chez un tisseur. La route était plus longue et après le rituel petit déjeuner Bénédict s'était amusée à chanter des chansons dans la voiture. Surpris et amusé Monsieur Serpentin écoutait, la main toujours glissée dans le pli de l'entrejambe de Bénédict; Il conduisait d'une main, à son habitude. La jeune fille faisait défiler tout son répertoire, il écoutait toujours. Elle dut s'arrêter d'elle-même, la voix cassée. A Lyon Bénédict sentait que le terrain était différent. Elle pénétrait une citadelle, celle des soyeux, celle, aussi, des canuts. Elle avait affaire à une tradition, un prestige.

- Une collaboratrice de la société, dit à nouveau Monsieur Serpentin.

Pincée, Bénédict pensait que son nom aurait pu impressionner son interlocuteur. Lorsqu'ils pénétrèrent dans l'atelier, Bénédict fut abasourdie par le tapage, bien plus violent encore que dans la filature du Nord. Comment se faisait-il qu'à travers les années on n'ait pas réussi à maîtriser ce bruit ? Et les ouvrières, comment survivaient-elles ? Ici, pas question de parler, même en criant. Un martelage de pilons que faisaient des centaines de navettes d'un bout à l'autre des métiers, et les peignes se soulevaient prestement pour les laisser passer, entraînant un rideau de fils. Mais

Bénédict n'avait qu'une envie, celle de fuir. Elle passait pourtant dignement dans les allées, fronçant à peine le sourcil. Elle ne respira que lorsque, quittant l'atelier, ils purent reprendre la conversation.

- Ah oui, le bruit, dit le directeur qui se mit à rire en voyant le visage décomposé de la jeune fille. Qu'auriez-vous dit si vous étiez venue du temps des métiers à bras, c'était encore pire.

La jeune fille n'imaginait pas qu'il fût possible de faire pire. Elle lui lança un regard de haine mais l'homme s'était déjà détourné et entraînait ses visiteurs vers la salle d'arrivée des rouleaux de chaîne. Les énormes bobines de fil blanc étaient délicatement manipulées par des glues, comme des œufs de fourmis. Puis ils passèrent dans la salle de contrôle des tissus. Ici se déroulait chaque mètre de soierie sous le regard de spécialistes chargés de dépister les défauts. Par instants ils tiraient un fil et marquaient l'emplacement. On serait obligé de solder la pièce qui comporterait plus d'un défaut tous les six mètres. A peine remise de l'horreur du bruit, Bénédict admirait pourtant les satins et les damas qui tournaient lentement, brillamment éclairés. Enfin ce fut la salle de traitement. Là, ils recevaient le dernier apprêt, le fixage et la stabilisation à l'autoclave. La tête pleine de mots et de techniques, la jeune fille reprenait la route avec plaisir, contente d'avoir encore plusieurs heures de tête à tête avec

Monsieur Serpentin pour l'interroger sur tout ce qu'ils avaient vu. Tard dans la nuit, lorsqu'elle se jeta sur son lit, la jeune fille se disait qu'enfin elle était heureuse.

Peu après, le directeur commercial décidait que Bénédict en savait assez sur la fibrelle pour aller toute seule visiter les confectionneurs de la mode « Nice-Côte d'azur ». Sous cette appellation étaient groupée une trentaine de maisons qui n'avaient pas pour prétention de concurrencer la mode parisienne mais présentaient des collections personnelles, dans un style sportif et détendu. A côté des tailleurs et des manteaux qui arboraient une note désinvolte, c'étaient des tenues de plage, des robes bains de soleil, toute une garde-robe légère et court-vêtue qui différait agréablement des tenues un peu compassées de la capitale.

Bénédict devrait passer quatre jours entre Nice, Cannes et Marseille pour visiter une quinzaine de fabricants. Elle retint des chambres dans les meilleurs hôtels. Hardy France ne lésinait pas sur les frais de déplacements. Elle partirait en wagon-lit et louerait une voiture sur place. Chaque rendez-vous fut confirmé par lettre, elle ne partait pas à l'aventure.

Ce fut un séjour de rêve, la nuit passée dans les draps blancs .du wagon-lit, grisée par le bruit de la vitesse, le sourire du steward, le réveil au soleil de la Méditerranée. Un jeune homme empressé l'installa dans une voiture rouge vif. A l'hôtel elle découvrit une chambre claire, presque luxueuse, autant de premières fois qui l'enchantaient. Seule, elle conduisait le long d'un paysage enchanté, seule elle commandait son petit déjeuner, seule elle respirait l'air salin, se sentait comme en vacances.

L'accueil courtois qu'on lui réserva partout n'effaça pas le sentiment qu'elle avait en face d'elle des gens d'affaires. Ils ne se laissaient pas séduire par une promotrice venue de Paris. Proches de l'Italie, de sa mode, de ses couleurs, ils étaient sûrs d'eux et ce n'était pas parce que leurs modèles affichaient la décontraction qu'eux-mêmes se laissaient aller. Ils ne portaient pas de cravates, leurs costumes étaient clairs mais ils n'en étaient pas moins durs, exigeants sur la qualité. Là plus qu'ailleurs, les avantages de la Fibrelle, sa lavabilité surtout auraient dû s'imposer. Des vêtements faciles à entretenir, vite lavés, vite secs, auraient dû être appréciés dans cette région. Et en effet ils étaient d'accord pour recevoir un métrage, faire un essai. Mais où était cet enthousiasme que Bénédict aurait voulu soulever parce qu'elle le ressentait elle-même. Sa jeunesse était son meilleur atout mais son inexpérience se heurtait à une résistance, sans la comprendre. Elle voyait de la réticence là où il n'y avait que de la prudence. Elle traitait d'inertie un manque de confiance justifié par de précédentes déconvenues avec d'autres fibres.

Avant et après ces rendez-vous, pourtant, quelle joie de reprendre la voiture, de rouler dans le vent, de s'asseoir à une terrasse au soleil couchant pour commander une friture et du vin blanc. Autour d'elle dînaient des hommes seuls munis eux aussi d'une serviette et plongés dans un journal. Le soir après le dîner elle faisait une longue promenade au bord de la mer. A Marseille elle monta à grandes enjambées jusqu'à Notre-Dame de la Garde et se grisa du paysage, si longtemps qu'elle faillit manquer le coup de téléphone de Monsieur Serpentin. Il était là en effet, chaque soir, appelant elle ne savait d'où. Elle lui racontait sa journée. Il la soutenait, lui prodiguait conseils et encouragements. Pour la première fois elle se disait que peut-être il l'aimait. Elle avait emporté des livres mais la plupart du temps elle était trop énervée pour lire. Chaque entretien se déroulait à nouveau dans sa mémoire. Cette revue de détails lui permettait une réflexion, une progression, elle se disait : « là, j'aurais dû dire ça ». Lorsque la fatigue l'abattait sans qu'elle ait pu prendre le temps de procéder à cette rumination, elle se réveillait au milieu de la nuit. Le film se déroulait, avant qu'elle se rendormît. Le dernier soir, Monsieur Serpentin l'appela à minuit passé. Assoupie, elle avait laissé la lumière allumée. La sonnerie la tira de son premier sommeil. La voix du directeur commercial était comme étouffée, affaiblie. Bénédict se mit comme d'habitude à raconter sa journée quand la conversation fut coupée. Elle s'en inquiéta, ragea de ne pouvoir rappeler elle-même. Elle mit longtemps à s'endormir. Le lendemain elle rendait la voiture et reprenait le train pour Paris. Le souvenir de la communication interrompue ne la quittait pas. Dès son retour il lui raconta que sa femme l'avait surpris dans son appel au milieu de la nuit. Un dîner d'amis l'avait empêché d'appeler plus tôt. Puis il avait attendu qu'elle s'endorme. Le téléphone se trouvait dans la chambre, il l'avait enfoui sous les couvertures. Malgré cela, Maylis s'était réveillée. Il avait dû lui parler longuement, la rassurer. Il avait expliqué qu'il jouait auprès d'elle le rôle d'un père. Du coup Maylis avait voulu en savoir davantage et Monsieur Serpentin s'était engagé à la lui faire connaître. Ainsi demandait-il à Bénédict de venir déjeuner le dimanche suivant en famille. « Maylis est très gentille » assurait-il. Bénédict hésitait. Elle aurait pu, se disait-elle, profiter de l'incident pour se dégager, pour rompre. Sa curiosité l'emporta. Elle n'avait aperçu Maylis qu'une seule fois, elle se sentait attirée par la femme de Monsieur Serpentin, par ses enfants. Pénétrer dans sa maison, mais cette fois en amie... Dès qu'elle réfléchissait, elle s'étonnait de l'effronterie de cet homme. Non content de tromper sa femme il introduisait chez elle sa maîtresse, comment s'arrangeait-il avec sa conscience ? Elle était fascinée par cette situation. Mais pourquoi, aussi, cette femme se laissait-elle berner aussi facilement ? Et cruellement la jeune fille pensait qu'elle n'avait sans doute que ce qu'elle méritait. Elle avait choisi la paresse, le confort.

Elle en payait les conséquences. Elle-même se promettait bien de ne jamais se mettre dans cette situation. Ne pas arrêter de travailler, ne pas dépendre de son mari, ne pas accepter qu'il rentre tard le soir, ne pas le croire, ne pas s'endormir !

Toutes ses idées préconçues tombèrent le dimanche suivant. Maylis était mince et jolie, ses quatre filles ne lui avaient pas épaissi la taille, elles lui avaient seulement marqué les paupières. Ses yeux bleu pâle paraissaient prêts à se remplir de larmes. Sa bouche mouvante était parcourue de frémissements. Tout son visage semblait offert, dévasté par l'émotion, pas de maquillage sauf un rouge à lèvres à peine rosé. Elle avait cette allure impudique des bonnes sœurs, la voix douce, le maintien discret. Ces femmes-là sont faites pour souffrir, se disait Bénédict. Elle aurait voulu la prendre dans ses bras, la consoler, bien qu'elle ait sans doute le double de son âge. Elle se sentait plus vieille, elle si petite, si fine à côté de son gros mari. Rien d'étonnant à ce qu'il l'appelât « P'tit ».

Maylis entraînait Bénédict hors de la cuisine, lui faisait les honneurs de la maison avec modestie. Les enfants tournaient autour d'elle, la plus petite surtout, émouvante, le portrait de sa mère, qui entourait son cou de ses deux bras et l'embrassait, confiante. Bénédict fondait de tendresse. Quatre filles, c'était comme si elle se retrouvait au milieu de ses sœurs, mais plus jeunes, plus douces. Bénédict ne connaissait que les rapports de force. Ces filles-là s'aimaient tendrement, elles débordaient de gentillesse, comme leur mère. Grâce à leur mère, sans doute. Elles questionnaient Bénédict sur son travail, sur leur père —« Et comment est-il avec vous, gentil ? » Et c'était leur grand mot, leur grande affaire, cette gentillesse. Pour elles, en dehors de la gentillesse, point de salut. Et puis soudain elles se désintéressaient de la jeune fille pour se tourner vers leur père, qui s'asseyait dans un fauteuil pour ouvrir une bouteille. Il se renversait en arrière et ses filles l'entouraient, lui grimpaient sur les genoux, lui faisaient des tendresses, passaient leurs bras autour de son cou sous le regard de la mère, bienveillante. Et lui, comblé, pas gêné du tout devant sa maîtresse, amusé au contraire, tirait la natte de l'une, arrachait les lunettes de l'autre. Puis les chassait toutes pour lire l'étiquette de la bouteille.

- Tu t'es encore trompée d'année, disait-il à sa femme, avec un rire.

- Qu'est-ce que je fais de bien ? répondait celle-ci, souriante, avec un clin d'œil à Bénédict comme pour la mettre dans son jeu.

Pas si fragile que ça, se disait Bénédict. Elle se sentait bien dans cette famille toute simple, où tout le monde était si gentil. Elle oubliait sa situation et se comportait en grande sœur, puisque c'était ce qu'on attendait d'elle. L'aînée des filles, Anne, avait dix-sept ans, trois ans seulement de moins qu'elle. Elle montait à cheval dans la forêt de Montmorency et Bénédict promettait d'aller la voir, d'essayer elle aussi de monter en promenade. Depuis peu en effet elle montait dans un manège à la périphérie. La seconde, très myope, voulait savoir comment Bénédict supportait ses lentilles et elle battait déjà des paupières, à l'idée d'introduire un corps étranger. Les plus petites se lançaient dans un concours de grimaces et demandaient à la jeune fille de choisir celle qui réussissait le mieux.

- Vous êtes aussi laides l'une que l'autre, décidait Monsieur Serpentin, réjoui. Et il s'excusait auprès de Bénédict :

- Ma femme ne sait faire que des filles.

- Oh, protestait Maylis, c'est l'homme qui détermine le sexe, et tu le sais très bien!

Et elle mimait un air exaspéré comme elle l'avait sans doute fait cent fois, en prenant Bénédict à témoin pour éclater de rire ensuite, dès que celle-ci avait ébauché un sourire.

- Ça ne fait rien, j'adore les femmes, continuait le père en les pinçant à la taille et dans le cou.

Comme il est à l'aise, comme il se sent bien chez lui, se disait la jeune fille avec un peu de jalousie. Elle-même jouait un rôle mais trouvait cela plus facile qu'elle ne s'y était attendue. L'absence totale, visible, de gêne chez Monsieur Serpentin rendait leurs rapports tout simples. Aucune complicité, aucun sous-entendu. Bénédict, qui n'aurait pas toléré qu'il en fût autrement, était choquée par cette amoralité. Elle se sentait un peu évincée, mise à l'écart. Ici il n'était qu'époux et père. Sa manière toute naturelle, qu'il avait de dire « ma femme » éclairait la jeune fille sur leurs rapports, l'aisance avec laquelle il la trompait. La différence d'âge et d'allure entre lui et Bénédict renforçait ce sentiment. Comment Maylis aurait-elle imaginé une union aussi contre nature ? Il suffisait de les voir pour chasser tout soupçon. Le gros homme de cinquante ans et la jeune fille toute frêle, qui ne paraissait pas vingt ans. Et Bénédict mesurait mieux l'anormalité de leurs rapports, la monstruosité de leur liaison.

Leurs rapports sexuels, d'ailleurs, ne s'amélioraient pas avec le temps. A plusieurs reprises pourtant Bénédict avait senti une étincelle de plaisir s'allumer en elle. Soudain, tandis qu'il la pénétrait, une vibration s'était éveillée, l'avait envahie brusquement. Elle avait repensé à cette sensation inconnue éveillée par la corde lisse. C'était comme une petite lumière qui s'allumait, fragile. Ce plaisir, cette vaguelette l'avait soulevée un instant et, éperdue, elle avait cherché à la retenir, à l'amplifier. Mais aussitôt parvenu à la jouissance, Monsieur Serpentin se retirait d'elle et tout s'arrêtait. Il pratiquait toujours le coïtus interruptus comme moyen de contraception et cela donnait à leurs rapports un côté clandestin, inachevé. Cette idée qu'il y avait, non loin, un feu de braises qu'il fallait attiser, encourager, était revenue plusieurs fois, mais de plus en plus faible. Elle en aurait pleuré. « Les femmes, ça monte, ça monte, ça n'arrive jamais » avait dit plus d'une fois Monsieur Serpentin, et Bénédict l'avait cru. Cette parole terrible l'avait plongée dans le désespoir. Deuil du plaisir, deuil de son corps. Puis très vite la résignation était venue. L'étincelle avait cessé de se produire. Elle n'espérait même plus la voir revenir. Pourtant elle était sûre que le plaisir était là quelque part, blotti tout au fond. Il aurait suffi de peu de choses pour le faire jaillir. Monsieur Serpentin était-il sincère en affirmant que les femmes n'y parviennent jamais ou bien mentait-il ? C'était lui qui n'avait jamais pu les mener au plaisir, elle le sentait. Parfois quand elle y pensait la pitié lui venait aux lèvres. Pitié pour lui qui n'avait jamais trouvé de partenaire, pitié surtout pour elle-même. Cet amour bâclé, escamoté qu'il bouclait en voiture en moins d'un quart d'heure, cet amour n'était qu'un simulacre. L'amour existait ailleurs, elle en était sûre, elle l'attendait. Elle s'accrochait à cet espoir et ne voulait voir dans ses relations avec Monsieur Serpentin qu'un passage. Elle ne sentait pas que la flamme, à force d'être étouffée, la fuyait. Que ses sens s'émoussaient chaque semaine davantage. Elle avait été froide, Monsieur Serpentin la rendait frigide. Tel était le revers empoisonné de la médaille qu'il accrochait à son cou. Ce venin s'était infiltré en elle, il lui prenait bras et jambes, les paralysait. Immobile, elle s'abandonnait et ne sentait rien qu'une indifférence. C'était un mauvais moment à passer, inconfortable, décevant, un peu dégoûtant. Plus elle avançait avec le gros homme, plus son corps devenait insensible. Et voilà que le pire était encore à venir. Un jour que lui-même avait bu plus que de raison, Monsieur Serpentin avait allongé Bénédict sur la banquette arrière de la voiture, nue des pieds à la taille. A petits coups, il avait commencé à la fesser. Puis il s'était pris au jeu et l'avait battue de plus en plus fort. Bénédict s'était mordu les lèvres pour ne pas crier. C'était une nuit, après un de leurs fameux dîners à l'auberge du lac. Monsieur Serpentin avait garé la voiture dans une allée, loin à l'intérieur de la forêt. Après la fessée, il avait pris Bénédict plus durement qu'à l'habitude. Elle avait eu peur. La scène s'était reproduite à plusieurs reprises. Elle en gardait un souvenir brûlant. Elle craignait maintenant les moments où l'alcool mettait dans les yeux du gros homme une lueur menaçante. C'était l'annonce d'une séance sur laquelle elle ne parvenait pas à fermer les yeux.

En apparence pourtant tout allait de mieux en mieux. Dans la famille de la jeune fille on la voyait se transformer, s'épanouir, prendre de l'assurance. Même Gratiane, la cadette, devait reconnaître que sa sœur avait changé, qu'elle parlait plus souvent, riait, s'imposait. Elle qui auparavant n'assistait qu'en spectatrice aux événements familiaux, maintenant y prenait part. On découvrait son existence. Bénédict s'amusait à forcer la dose, à étonner davantage. On était loin de soupçonner de quel prix elle payait cette transformation. De ces émois contrariés, de ses frustrations elle ne laissait rien paraître, pas plus qu'auprès de ses amis. Gratiane s'enchantait de trouver en elle une compagne rieuse et l'entraînait à sa suite. Leurs disputes d'autrefois étaient oubliées. Bénédict jouait avec plaisir ce rôle de petite sœur éblouie. Au bureau sa position n'était plus mise en cause par personne, ses relations avec Danielle étaient excellentes. Elle progressait chaque jour. En somme, c'était une forme de bonheur, pensait-elle. Et elle citait pour elle-même l'aphorisme de May

Winn dans « Ouragan sur le Caine », d'Herman Wouk : « le bonheur, c'est de ne pas avoir une jambe cassée ».

Un matin elle reçut l'appel d'un grand couturier en difficulté qui proposait de réaliser sa prochaine collection entièrement en Fibrelle et demandait en échange un large soutien publicitaire. Charlotte d'Entraigues s'était fait connaître en lançant les jupes de gitanes dont le succès avait gagné la rue sans lui apporter pour autant l'aisance financière. Elle tutoya immédiatement Bénédict et celle-ci organisa pour elle un déjeuner avec Monsieur Serpentin. Il accepta un effort important en faveur de Charlotte d'Entraigues à condition que tous les modèles fussent réalisés en double jersey. Charlotte confectionna pour Bénédict un ensemble rose gansé de marine et orné de boutons sculptés comme des bijoux. C'était son premier vêtement haute couture, elle l'arbora lors de la présentation de René Leblanc qui se déroulait chez Lipp à l'heure du petit déjeuner.

Ce matin-là lorsqu'elle pénétra dans la célèbre brasserie, Leblanc se tenait au milieu de l'allée centrale. Il saluait et plaçait ses invités de la presse. Il eut un bonjour négligent à l'adresse de la jeune fille.

- Où vais-je bien pouvoir vous mettre ? dit-il avec un sourire goguenard.

De nombreuses tables restaient encore libres car Bénédict avait pris la précaution d'arriver de bonne heure. Ce défilé était l'événement de la saison. La jeune fille attendit à côté du maître de maison. Celui-ci poursuivait ses effusions et ne s'occupait plus d'elle. Il poussait des cris de joie, embrassait tout le monde sur les deux joues et serrait longuement des mains dans les siennes. Peu à peu Bénédict sentit monter sa colère et sa jalousie. Malgré son bel ensemble rose elle se sentait mise à l'écart. Les journalistes remplissaient la salle et entamaient avec bonne humeur leurs croissants. Bénédict n'osait pourtant pas désobéir à Leblanc lorsque celui-ci, sans l'avoir encore placée, s'éloigna en compagnie d'une invitée de marque. La jeune fille se glissa alors à une place restée libre à côté d'une femme élégante, coiffée de simple bandeaux bruns, qui la regardait depuis un moment d'un air aimable.

- Je devrais vous tourner le dos, dit-elle en souriant, je suis Suzanne Galien, du Secrétariat de la Laine.

C'était la Dame de la Laine, comme on l'appelait en célébrant sa classe et la sûreté de son goût. Bénédict était confuse de se trouver assise à côté d'une rivale prestigieuse. Cependant la dame avec bonté, pour dissiper sa gêne, se mit à la présenter à ses voisins. Il y avait tout d'abord la Dame de la Soie, autre personnalité importante du monde du textile, toute habillée de soie et tout aussi racée que sa compagne, avec un haut chignon laqué noir et des boucles d'oreille de satin. Elle sourit à Bénédict d'un air distant et poursuivit sa conversation avec une troisième femme élégante que Suzanne Galien présenta comme la directrice de l'Officiel de la Mode. Bénédict se sentait toute petite, elle pensait qu'elle n'aurait jamais l'assurance de ces femmes prestigieuses. Sa vie privée, très « back street » l'accablait. Mais la Dame de la Laine, qui l'avait décidément prise sous son aile, continuait à lui indiquer qui était qui dans cette assemblée. A quelques pas de là se tenait un groupe de femmes jeunes dont la négligence vestimentaire détonnait dans ce lieu élégant. En trench coat et chaussures plates, elles laissaient traîner autour d'elles des regards boudeurs.

- Ce sont les filles de Elle, dit Suzanne Galien, elles sont toujours en tenue de travail.

Elle eut un rire indulgent. Plus loin, deux hommes en chemise pastel et nœuds papillons discutaient entre eux avec animation.

- On les appelle Castor et Pollux. Ils font la pluie et le beau temps au New York Magazine.

- Ce sont des homosexuels ? S'enquit Bénédict.

- Chuuut... Ici, on ne pose pas la question. Tout le monde est un peu homosexuel, pas vous ?

Bénédict se mit à rire un peu trop fort. L'attente se prolongeait et elle attaqua son petit déjeuner avec appétit. Elle commençait à se sentir mieux dans ce monde de la mode où jamais elle n'aurait songé à figurer. N'était le hasard d'une petite annonce. « J'y suis, j'y reste » se dit-elle en se rejetant en arrière. Justement, à ce moment, passait René Leblanc. Il eut un regard furibond en la découvrant assise à l'une des meilleures tables. Elle lui décocha son plus beau sourire.

- Je vois que les dames des fibres ont fait connaissance, dit-il, toujours goguenard.

- Vous nous l'avez cachée, elle est charmante, répondit Suzanne Galien.

Comme vous le voyez, Je m'instruis, ajouta Bénédict, modeste.

- Vous faites bien, vous faites bien, approuva Leblanc.

Le premier mannequin apparut enfin et il s'éclipsa pour la laisser passer. C'était une jeune noire qui portait avec beaucoup d'élégance et de morgue un tailleur de laine grège.

- Leblanc a été le premier à introduire des mannequins de couleur dans sa collection, dit la Dame de la Laine.

Ce modèle fut suivi de beaucoup d'autres et Bénédict se laissa aller à admirer la collection. Elle attendait avec impatience la robe en fibrelle qui portait le numéro soixante-deux. Les numéros n'étaient pas dans l'ordre. Enfin, elle se présenta, c'était une robe appuyée aux hanches, portée avec un blouson. Le tissu habillé était traité comme un modèle sport et la forme lui donnait une allure décontractée pleine de charme. Bénédict dut reconnaître que Leblanc ne volait pas sa réputation, elle applaudit comme tous les autres. Avant de partir elle eut à cœur de remercier le couturier et de le féliciter. Il eut un sourire mystérieux et ne répondit pas, la jeune fille décida de s'en moquer. Elle était enchantée de sa matinée. Le modèle ferait une bonne photo. Elle alla le chercher en coulisses et l'emporta. Le photographe l'attendait, dans un studio loué à proximité de la brasserie. Il ne disposait que d'une heure avant le défilé suivant

En rentrant elle apprit que Monsieur Serpentin l'avait appelée. Quand elle fut en sa présence, il lui tendit sans un mot une lettre de Hardy Limited. Il avait le regard sombre. Les Anglais annonçaient à leur filiale qu'ils lui envoyaient un « planificateur » pour l'aider à promouvoir le double jersey en Fibrelle. L'ingénieur se nommait Walter J. Johnson et arriverait quinze jours plus tard.

- Un technocrate, un homme qui ne connaît pas le terrain, s'écria enfin le directeur commercial. Tout cela pour vendre leur satané double jersey dont personne ne veut! Ils ne veulent pas comprendre que les femmes françaises ne sont pas comme les anglaises. Le confort, elles s'en moquent ! Si c'était la mode, elles porteraient des robes en noix de coco !

Bénédict n'avait pas envie de rire. Les rares colères de Monsieur Serpentin l'impressionnaient, il était rouge et hors de lui. L'arrivée de cet Anglais ne semblait pourtant pas justifier un tel emportement. Elle ne partageait pas entièrement l'anglophobie de son patron. Elle s'était rendue plusieurs fois en Angleterre depuis l'enfance et appréciait vivement la cordialité des insulaires. Elle tenait Shakespeare pour le meilleur auteur du monde. Elle tenta donc de calmer le directeur de Hardy France.

- Vous ne voyez donc pas que c'est un espion! s'écria celui-ci sans rien entendre. Il va débarquer la tête farcie de chiffres. Il va vouloir que ses chiffres correspondent aux nôtres. Moi, je travaille avec des hommes et des femmes !

Il se laissa lourdement tomber dans son fauteuil et regarda Bénédict avec anxiété. Elle lui prit la main, attira celle-ci sur ses genoux. Pour lui changer les idées elle lui raconta sa matinée. Il se calma et lui permit de s'échapper.

L'Anglais arriva quinze jours plus tard. Monsieur Serpentin avait vu juste, c'était un homme peu sympathique. On l'installa dans un petit bureau à côté du show-room. Comme prévu, il se mit à aligner des colonnes de chiffres. On l'oublia.

Ce fut bientôt l'été et il fallut penser aux vacances. Bénédict voyait sans plaisir cette rupture dans sa vie de travail. Elle n'avait pas de projets, ne savait que faire. Elle accepta la proposition de Gratiane de l'accompagner en Corse sur le bateau de son ami Bruno. Ils prirent la route, serrés à trois dans la petite Triumph. Bénédict sentait durement dans ses os les cahots du chemin mais ils étaient d'excellente humeur. Le soleil les précédait. A Toulon ils firent provision de vivres et d'eau potable. Ils devaient être six passagers, Bruno et trois de ses amis ainsi que les deux filles. Deux des jeunes gens dormaient sous une tente dressée dans le carré arrière, le bateau ne comportant que quatre couchettes. C'était un cotre ventru qui tenait bien la mer. Chaque matin Bruno branchait la météo. Avis de tempête... chacun retenait son souffle... Néant, faisait la voix. Mais le vent persistait et la mer moutonnait depuis le début de leur embarquement. Le quatrième jour enfin vint l'apaisement et Bruno et ses amis décidèrent de tenter la traversée. Toute la nuit le voilier reçut les vagues par le travers. Ils prirent le quart deux par deux à la barre. Le bateau étalait bien et remontait au vent. Bénédict se sentait en sécurité malgré les paquets d'embruns qu'elle recevait à chaque fois que sa main mollissait sur la barre. Cette nuit-là pas question de monter la tente, ils se relayèrent sur les couchettes. Quand ce fut son tour de s'allonger la jeune fille craignit de ne pouvoir dormir. C'était sa première nuit en mer sur un voilier et les vagues cognaient durement la paroi. Mais les mouvements glissés du bateau l'emportèrent bientôt dans le sommeil. Au matin le port de Calvi apparut dans la lumière. Ce fut alors une succession de baignades sur des plages désertes qu'on ne pouvait gagner que par mer. Après le bain, la promenade dans l'odeur des eucalyptus et des pins maritimes. Un soir ils mangèrent du loup grillé sur les hauteurs de la baie de Girolata. Le vin Corse les abattait ensuite sur la plage. La plupart du temps cependant Gratiane et Bénédict préparaient les repas dans la rudimentaire cuisine du bateau. L'un des amis de Bruno se montra sensible au charme de la petite sœur. Elle lui parlait de la Fibrelle et il écoutait gentiment. Il voulut l'embrasser et elle n'eut pas de mal à l'éconduire. A côté de l'autorité de Monsieur Serpentin, il était bien maladroit. A l'insu de Bénédict un écran s'était dressé entre elle et le reste du monde. Les amis de Gratiane étaient pour elle trop jeunes et sans expérience, comme l'avaient été ses amies de Sainte Lucie.

Ils reprirent la mer par temps calme. En chemin le vent tomba tout à fait et ils dérivèrent pendant des heures sans un souffle d'air. Des odeurs d'essence montaient de la soute. L'un après l'autre, tous les passagers s'abattirent sans forces sur leur couchette. Seuls restèrent vaillamment à la barre Bruno et Bénédict. Lorsque, enfin, une faible brise leur permit de rallier le port, les deux sœurs reprirent le train pour Paris, enchantées de leurs vacances.

Peu après le retour et la reprise des activités Monsieur Serpentin rentra lui aussi. Après un mois de vie familiale il se montrait plus affamé que jamais du corps de Bénédict. Il ne cessait de la toucher. Un jour Walter J. Johnson fit irruption sans frapper dans le bureau. Monsieur Serpentin était rouge de confusion, les cheveux en désordre, quant à la jeune fille, un seul regard sur elle aurait suffi à faire son désespoir. Johnson pourtant s'adressa à Serpentin comme s'il n'avait rien remarqué. Tandis que le directeur commercial reprenait contenance il lui parla d'un problème professionnel. Serpentin lui promit de se pencher sur la question. Il sortit, sans un regard pour la jeune fille. N'avait-il vraiment rien vu ou bien au contraire avait-il trop bien noté le trouble de Monsieur Serpentin ? Avait-il montré une discrétion exemplaire en évitant de plonger la jeune fille dans la confusion? Etait-ce de la réserve ou le fruit d'une éducation anglaise ? Il est vrai qu'il avait suffi de voir Monsieur Serpentin lui-même pour tout comprendre. Lui parti, ce dernier congédia Bénédict sans commenter l'incident. Désormais il éviterait tout contact physique avec elle dans l'enceinte du bureau. Le dimanche où

Bénédict avait été invitée à Montmorency dans la famille Serpentin fut suivi de beaucoup d'autres. Souvent Etienne Temple les rejoignait dans l'après-midi et avec un autre partenaire ils jouaient au bridge. Bénédict s'amusait. Maylis la recevait, semblait-il, comme une nouvelle fille. De temps en temps pourtant elle jetait un regard d'effroi sur ce qu'était devenue sa vie. Elle se voyait engluée dans cette situation malsaine, sans espoir d'en sortir.

Pour l'anniversaire de sa vingtième année, Monsieur Serpentin offrit à Bénédict une chevalière portant ses armoiries : « D'argent au palmier de sinople et de sable à la proue de navire d'or ». Rien n'aurait pu lui faire plus plaisir. Ce fut toute une cérémonie. Il fallait trouver l'empreinte de la formule héraldique. Ils prirent celle de la bague de Mathilde qui l'envoya des Etats-Unis par la poste, en pli recommandé. Puis ils allèrent ensemble chez le bijoutier et Bénédict ressentit le même sentiment de honte qu'elle avait éprouvé à l'auberge du lac, la première fois. Pourtant le bonheur de porter sur elle ce symbole d'humanisme l'emportait. Un soir en sortant de chez un confectionneur elle rejoignit Monsieur Serpentin dans le piano-bar où ils avaient leurs habitudes. Elle était en retard et le visage du gros homme était très sombre. Pressé de questions il finit par avouer la raison de son inquiétude: il était licencié. Les Anglais venaient de le lui signifier. Il s'enfonça à nouveau dans le silence. Ce n'est pas le moment de l'abandonner, se dit Bénédict. Elle pensait toujours rompre le lendemain, comme on se promet d'arrêter de fumer. Elle chassa pour un temps ses idées de rupture. Ainsi ç'en était fini pour lui de l'aventure de la Fibrelle. Quelques semaines plus tôt il paraissait si sûr de lui. Mais l'arrivée de l'Anglais l'avait abattu, à juste titre. Bénédict tenta de le rassurer en lui rappelant son expérience du textile et ses relations. Il répondit qu'il travaillait depuis près de trente ans dans le même groupe textile et pour lui ce congédiement était une trahison.

- Les Anglais n'ont pas de patience, disait-il, nous étions près d'aboutir.

Bénédict lui prit la main. Elle voulait le réconforter et au bout d'un moment il se redressa.

- Mais je ne pense pas à toi, que veux-tu boire ?

Dans son trouble il se mettait à la tutoyer. Elle sentit le Dry Martini couler dans sa gorge. L'alcool était devenu une consolation.

- C'est ma maison, aussi, c'est une maison de fonction, ajouta le directeur commercial. Et Bénédict apprenait qu'en perdant son travail on pouvait perdre aussi son foyer. Malgré ses bonnes intentions elle se sentait piégée. A nouveau elle souhaita sa mort. Elle ne se débarrassait de ces pensées qu'en se jetant dans le travail. Quelque temps plus tard un retard de règles vint ajouter à son inquiétude. Monsieur Serpentin la regarda, effaré.

- Je suis un salaud ? demandait-il.

Depuis qu'il était licencié il avait perdu toute son assurance. Son pas était moins ferme et l'abattement se lisait dans tous ses gestes.

Les règles revinrent mais un autre sujet de crainte vint remplacer celui-là. Celui que tout le monde appelait « l'Anglais » prenait les rênes de Hardy France. Avec Bénédict il se montrait glacial. Après Monsieur Serpentin, dont la rondeur et la bonne humeur mettaient tant d'animation et d'ardeur autour de lui, un vent froid soufflait dans les bureaux. Chacun passait silencieux dans les couloirs. Même Etienne Temple semblait touché. A la décharge de l'Anglais il fallait dire que les résultats de la Fibrelle étaient décevants. A part cette ratine qui ne concernait que le secteur de la mode enfantine, aucun article n'avait réussi à opérer une percée. Charlotte d'Entraigues, qui avait réalisé toute sa saison sur le double jersey était obligée de fermer ses portes. L'Anglais parlait d'arrêter la production à destination de la France ou tout au moins de la diminuer fortement. La menace pesait sur tout le monde. Monsieur Serpentin, au chômage, prenait des contacts avec toute la profession. Il avait décidé d'acheter sa maison à l'aide de ses Assedic. Les semaines passaient et les dimanches se succédaient, immuables. Déjeuner dominical, bridges, promenades dans la forêt de Montmorency.

En février Monsieur Serpentin résolut d'emmener toute sa famille faire du ski et, bien entendu, il décida Bénédict à l'accompagner. Elle avait beaucoup travaillé et ces vacances seraient pour elle comme pour tous, une diversion. Ils partirent en voiture, dans un break de huit places. Bénédict, à l'arrière, chantait tout son répertoire. La route était longue mais la bonne humeur régnait. Monsieur Serpentin retrouvait son animation. Ils avaient loué un chalet et s'inscrivirent tous à l'école de ski, à l'exception de Maylis qui, disait-elle, aimait bien ses jambes comme elles étaient. Ils déjeunaient sur les pistes. Maylis les rejoignait en télécabine et redescendait à pied. La beauté de la montagne agissait comme un ferment de paix. Une angoisse cependant germait dans l'esprit de Bénédict. Retrouver en bas une situation sordide, un avenir bouché, ce n'était pas possible. Elle fermait les yeux à cette idée.

La veille du départ ils voulurent monter plus haut, admirer les montagnes de plus près. Ils laissèrent les deux petites à la garde de leur mère. A un détour de la piste des Clémentines débouchait ce qu'on appelait le mur Suisse. Ce n'était pas un mur mais une pente si raide qu'elle avait tué deux skieurs l'année précédente. Elle dévalait en droite ligne vers la Suisse. La piste était fermée et un filet de plastique orange alertait les skieurs pour les empêcher de s'engager. Monsieur Serpentin qui avait retrouvé beaucoup de sa superbe souleva le filet et se glissa dessous. Il appela Bénédict. Anne et sa sœur poursuivaient leur descente vers la France. Le gros homme voulait faire admirer le paysage à la jeune fille et brandit son appareil photo. Il se tenait tout au bord du vide. Lorsqu'il posa l'appareil contre sa joue, Bénédict fut prise d'une impulsion subite. Elle n'avait pas réfléchi, n'avait rien prémédité. Elle agissait comme si sa vie en dépendait. Elle poussa Monsieur Serpentin dans le vide.

Quand il eut ce cri atroce qu'elle n'avait jamais imaginé d'entendre, elle pensa aussitôt à son père. Lui aussi avait dû pousser cet horrible cri en tombant de la Tour Eiffel. Sa chute avait-elle duré aussi longtemps que celle de Monsieur Serpentin ? Le corps avait-il rebondi contre la paroi, les deux skis détachés ? S'était-il mis à tournoyer ? Le cri avait repris, encore plus vibrant, plus atroce et désespéré. Soudain Bénédict ne put plus supporter ce cri et se mit à crier aussi, aussi fort qu'il lui était possible de le faire. Des skieurs qui descendaient du côté français s'arrêtèrent bientôt. Les torrents de larmes sur son visage et sa situation au bord du vide leur apprirent plus que la jeune fille ne pouvait en dire. Ils alertèrent la station.

Les vacances étaient finies. Les services de secours ne récupérèrent qu'un cadavre. Maylis devait rentrer dans le fourgon qui le ramènerait. Les obsèques auraient lieu à Montmorency. Les petites ne semblaient pas réaliser que leur père était morte. Elles continuaient à jouer. Pour le trajet de retour, Bénédict conduisit le break Les petites lui demandèrent pourquoi elle ne chantait plus. La cérémonie des funérailles fut triste mais sans excès. Tous les amis de Monsieur Serpentin étaient présents, y compris Walter l. Johnson. Les enfants jetèrent des roses sur le cercueil. Bénédict ne pleurait pas. Elle non plus ne réalisait pas ce qui était arrivé.

Au bureau l'atmosphère était morne. Comme il l'avait annoncé ; l'Anglais diminua la production. Bénédict fit partie de la vague de licenciements.

Deux semaines plus tard, comme Bénédict n'avait cessé de s'y attendre, elle reçut la visite d'un officier de police. Un témoin du côté Suisse avait assisté à la scène du meurtre et avait fini par se rendre à son commissariat. L'enquête qui suivit aboutit à une mise en accusation. Bénédict ne nia pas.

Elle fit huit mois de détention préventive, 240 jours de peur, de froid, de saleté, de promiscuité. Les attouchements des gardiennes, le viol dans la douche avec l'aide d'un manche de parapluie, elle connut tout cela. Elle ne se plaignit pas mais cria souvent le soir à la fenêtre, dans sa cellule.

Elle connut aussi le remords, obsédant, mais sa foi en Dieu la soutint constamment. Le cri de Monsieur Serpentin tournoyant le long du mur suisse la poursuivrait toute sa vie, elle le savait.

Le procès en assises eut lieu l'automne suivant. Bénédict risquait la peine de mort. Elle eut pour avocate Maître Dominique Baguier, la fille d'Alain Baguier, ex-président de la Ligue des Droits de l'Homme. Celle-ci s'était présentée d'elle-même dès les premiers jours. Elle plaida, avant l'heure, le harcèlement sexuel assorti de perversions multiples, dont l'incitation à l'alcoolisme. La presse s'en fit largement l'écho. France Soir et Paris Presse prirent la défense de la jeune fille. Elle fut condamnée à cinq ans de prison avec sursis et libérée le soir même.

Au sortir du Tribunal elle trouva Bertrand qui l'attendait. Il était venu la voir plusieurs fois en prison et lui avait écrit pour la soutenir. Il la prit dans ses bras et elle sentit combien elle était restée importante pour lui. Elle perçut aussi cette bosse dure et exigeante qui cette fois la rassurait. Il n'était pas parvenu à devenir l'amant d'une femme mariée, disait-il en riant. Il la reprit dans ses bras et elle sentit s'éveiller en elle une petite flamme vacillante. Elle se mit à pleurer.

Ils s'éloignèrent rapidement. Il n'y avait rien à raconter, l'histoire s'était étalée dans tous les journaux, durant des semaines. Bénédict ne se justifia pas, les explications n'étaient pas son fort. Elle avait longuement parlé à son avocate des raisons de son acte, de cette volonté irrésistible qui l'avait prise là-haut sur la crête, devant le vide, ce vide qui avait aussi provoqué le suicide de son père. Elle entendait encore le cri, elle l'entendrait toute sa vie.

Avec Bertrand il y avait tout à recréer, à réinventer, à commencer par cette obligation de vivre sans alcool. Désormais elle devrait lutter contre la dépendance. Cela faisait bien des héritages.

Françoise était venue la voir à la maison d'arrêt. Elle portait son foulard Hermès et son collier de perles. Elle disait qu'elle ne comprenait pas, qu'elle ne comprendrait jamais. Bénédict ne lui en voulait pas.

Et puis il y avait surtout et par-dessus tout une sorte de rééducation bien particulière, toute spéciale. Bénédict sentait qu'elle était possible et Bertrand n'en doutait pas. Ils décidèrent de s'y mettre tout de suite. La petite chambre d'étudiant se trouvait au sixième étage. Pas de lac, pas de lune. Bertrand avait des épaules larges et rassurantes et un bassin étroit de jeune homme. Bénédict ne voulait pas se confier à lui. Le premier soir ils se regardèrent. Elle ne pouvait s'empêcher de penser à l'autre dont la présence était insupportable.

Le second soir Bénédict fit glisser de son petit doigt la chevalière que Monsieur Serpentin lui avait donnée pour ses vingt ans.

Comme il n'y avait pas de lac, elle la mit dans une enveloppe, au fond d'un tiroir. Elle l'oublia. Elle ne s'était pas résignée à la jeter. Avec les années, la bague devait devenir un souvenir.

Le troisième soir et le quatrième, et tous les soirs elle se donna à Bertrand et Bertrand se donna à elle.

Le mois suivant Bénédict fut embauchée au Secrétariat de la Laine par Suzanne Galien, la Dame de la Laine, qui ne l'avait pas oubliée. Elle avait témoigné à décharge au procès, insistant sur l'image contre-nature que donnait le couple Monsieur Serpentin et Bénédict.

Dans le petit bureau que cette dernière occupait seule, elle découpa aux ciseaux un échantillon de jersey et l'enflamma à l'aide d'un briquet. L'odeur qui s'en dégagea fut si forte qu'elle dut jeter le tissu dans un cendrier où il acheva de se consumer. Avec cette odeur, le souvenir de Monsieur Serpentin se dressa comme un reproche. Sa présence était si tangible que Bénédict ressentit fortement l'horreur de son geste. Depuis sa condamnation, le remords l'avait assaillie.

Comme elle ne voulait pas pleurer, elle se saisit d'un morceau de drap, le plia entre ses doigts et s'efforça de compter les poils de laine qui se dressaient à la pliure. Puis elle le froissa et en prit un autre, et ainsi, peu à peu, elle recommença à travailler.

www.ingramcontent.com/pod-product-compliance
Lightning Source LLC
Chambersburg PA
CBHW072010170626
46813CB00005B/2096